*Alice's Adventures
in Wonderland*

이상한 나라의 앨리스

다시 읽는 클래식 1

이상한 나라의 앨리스

루이스 캐럴 지음 · 존 테니얼 그림 · 루미 옮김

스토리두잉

황금빛으로 물든 오후 반나절 내내
우리는 한가로이 강물에 배를 띄웠네
배 양편에 노가 달렸지만
가냘픈 팔로 어설프게 저어야 했네
작은 손짓으로 정처 없는 뱃길을
안내해보지만 다 부질없어라.

아, 인정머리 없는 세 자매여! 이런 시간,
이렇게 몽환적인 날씨에
가장 가벼운 새털 하나 흔들기에도 벅찬 숨을
가쁘게 쉬는 노인네에게 옛날이야기를 조르다니
한 사람의 힘없는 목소리로
앞다투는 셋의 혀를 어떻게 감당할 수 있을까?

도도한 첫째는 명령하듯 주문하네
"이야기를 시작하세요."—상대적으로 부드러운 목소리로
둘째는 소망을 보태네.
"이야기 속에 엉터리 이야기도 있어야 해요!"—
셋째도 이야기 중간중간에
가끔 끼어드네.

이윽고 갑작스럽게 침묵이 찾아오자
공상에 빠진 아이들은
거칠고 낯선 이상한 나라를 헤매는
꿈속의 아이들을 쫓아다니며
새와 짐승과 친구처럼 대화하네.
그리고 그 이야기가 반쯤은 사실이라고 믿는다네.

점점 이야기가 바닥나고
공상의 우물이 말라버리자
지친 노인네가 이야기 주제를 슬며시 바꾸고자
용쓴다네.
"남은 이야기는 다음에—" "지금이 다음이에요!"
들뜬 목소리로 일제히 소리치네.

그렇게 이상한 나라의 이야기가
하나씩, 천천히 자라나고
기이한 사건들이 벌어지다가
이야기는 끝났네.
즐거운 선원들은 석양 아래로
뱃머리를 돌려 집으로 돌아가네.

앨리스! 이 어린아이의 이야기를 듣고서

부드러운 손으로

어린 시절에 겪었던 일이 기억의 환상 띠로

결합되는 자리에 놓아두렴.

순례자가 머나먼 나라에서 따온

시든 화환처럼.

차례

토끼 굴속으로

앨리스는 언니와 강둑에 앉아 아무것도 할 게 없다 보니 따분해 죽을 지경이었다. 언니가 읽고 있는 책을 한두 번 흘낏 쳐다보니 그림도 없고 대화도 나오지 않았다. '그림도 없고 대화도 없는 책이 무슨 소용이람.'

너무 따분해서 토끼풀로 목걸이를 만들까 생각했다. 그런데 그깟 토끼풀 목걸이를 만들겠다고 괜히 일어나서 토끼풀 꽃줄기를 뽑는 수고를 할 필요가 있을까 고민하던 참이었다. 날이 더워서 졸리기도 하고 멍하니 꿈결에 펼쳐지는 생각 같기도 했는데 그때 갑자기 눈알이 빨간, 흰 토끼가

옆으로 휙 지나갔다.

　이 상황에서 특이하다고 생각되는 점은 아무것도 없었다. 앨리스는 토끼가 "이를 어째! 이러다 지각하겠네!"라고 혼잣말을 하는 소리가 들리는 것도 아주 비현실적이라는 생각이 들지 않았다. 나중에 이 일을 돌이켜보았을 때 이런 일은 이상한 일로 받아들여야 한다는 생각이 나긴 했지만 그 당시는 모든 일이 아주 자연스럽게 여겨졌다.

토끼가 실제로 조끼 주머니에서 회중시계를 꺼내서 시간을 확인하고는 서둘러 뛰어가자 앨리스는 그 자리에서 벌떡 일어났다. 주머니 달린 조끼를 입고 있는 토끼도, 조끼 주머니에서 회중시계를 꺼내는 토끼도 생전 처음 본다는 생각이 번쩍 들면서 호기심이 발동했기 때문이었다. 앨리스는 토끼를 뒤쫓아 들판을 내달렸다. 다행히도 생울타리 아래 큰 토끼 굴로 쏙 들어가는 토끼의 뒷모습을 놓치지 않고 볼 수 있었다.

앨리스는 곧바로 토끼를 쫓아서 굴속으로 들어갔다. 도대체 굴 밖으로 어떻게 다시 나올 생각인지 뒷일은 일초도 고민하지 않았다. 토끼 굴은 터널처럼 한참 곧게 들어가다가 갑자기 푹 꺼졌다. 무슨 수를 써서라도 추락을 멈춰야 한다고 생각할 겨를도 없이 앨리스는 순식간에 아주 깊은 굴속으로 떨어지고 있었다.

굴이 아주 깊어서였는지, 아주 천천히 떨어진 탓인지, 떨어지는 동안 앨리스는 주변을 둘러보면서 다음에 무슨 일이 벌어질지 궁금해할 정도로 여유가 있었다. 너무 깜깜해서 아무것도 보이지 않았다. 그다음에 굴 벽을 살펴보다가 벽면이 진열장과 책장으로 둘러싸였다는 것을 알아챘다.

벽 여기저기 지도와 그림이 고정핀으로 걸려 있는 게 보였다. 앨리스는 책장 하나를 지나가면서 유리병 하나를 내렸다. 유리병에는 '오렌지 마멀레이드'라는 라벨이 붙어 있었지만 빈 병이어서 앨리스는 크게 실망했다. 앨리스는 그 병을 떨어뜨리면 누군가를 죽일 수도 있다는 생각에 두려워져서 움직이다가 부딪치게 된 어느 진열장에 잘 넣어두었다.

앨리스는 마음속으로 생각했다. '음, 이렇게 떨어지고 나니 계단에서 굴러 떨어지는 것쯤은 우습구만. 집에서 식구들이 나를 아주 씩씩한 아이라고 생각하겠지. 지붕에서 떨어진다고 해도 아무 일도 없었던 것처럼 넘어갈 거야!'(이건 아주 그럴듯한 일이야.)

아래로, 아래로, 아래로, 끝없이 떨어질 것만 같았다. 앨리스는 소리를 질렀다. '지금쯤이면 몇 킬로미터나 떨어진 걸까? 지구 중심에 거의 다 들어왔을 거야. 어디 보자. 지구 반지름은 6천 킬로미터쯤 되지 않을까?'(앨리스는 학교 수업에서 이런 지식을 배우긴 했다. 아무도 듣는 사람도 없는 지금과 같은 상황은 지식을 뽐내기에 아주 좋은 기회라고 할 수는 없겠지만 반복해서 외우는 일은 좋은 학습 방법이긴 하다.) '맞아, 지구 반지름은 그쯤 될 거야. 그럼 지금 위치의 위도와 경도는 어떻게 될까?' (앨리스는 위도가 뭔지 경도가 뭔지도 모르지만 이런 용어를 쓰면 유식해 보이긴 한다.)

잠시 후 앨리스는 이런 생각을 하게 되었다. '내가 지구 반대편으로 뚫고 나와 떨어지는 것은 아닐까? 거꾸로 매달려서 걷는 사람들 사이로 튀어 나가게 되면 얼마나 웃길까? 그 지점을 반감(antipathies, 대척점은 antipode)이라고 할 걸.' (앨리스는 이번에는 아무도 듣는 사람이 없어서 참 다행이라는 생각이 들었다. 아무리 생각해도 정확한 용어가 아닌 것 같았기 때문이었다.) '거기서 만나는 사람들에게 나라 이름이 무엇인지는 물어봐야 할 것 같아. 사모님, 여기가 뉴질랜드인지 오스트레일리아인지 알려주시겠습니까?' (무릎을 굽히면서 공손하게 질문할 생각이었다. 그런데 거꾸로 걸으면서 무릎을 굽힌다는 게 가능하기는 할까?) '나같은 소녀가 그곳의 나라 이름을 묻는다면 사람들이 날 아주 무식한 아이로 보겠지. 그럼 안 되지. 그런 질문은 절대로 하지 않을 거야. 어딘가 쓰여 있을 나라 이름을 찾아서 읽으면 되지 않을까.'

추락은 끝이 없었다. 그냥 떨어지는 수밖에 없어서 앨리스는 곧장 혼잣말을 다시 시작했다. '오늘밤 다이나는 날 엄성 모그 싶어 알 거야.'(다이나는 앨리스의 집고양이다.) '식구들이 간식으로 우유 한 접시 주는 거 잊지 말아야 할 텐데.

다이나가 나와 함께 여기에 내려왔으면 얼마나 좋을까. 이 주변에 생쥐는 없을 것 같긴 하지만 박쥐는 잡을 수 있지 않을까? 박쥐는 생쥐의 사촌쯤 될 걸. 그런데 고양이가 박쥐를 안 먹을 것 같긴 해.'

　그런데 이쯤 되니까 앨리스는 졸음이 쏟아져서 잠꼬대하듯이 혼잣말을 계속했다. '고양이가 박쥐를 먹을까? 박쥐가 고양이를 먹을까?' 앨리스는 어느 질문에도 정답을 모르니까 둘러치나 메어치나 마찬가지였다. 앨리스는 깜박 잠이 들어 다이나의 손을 잡고 산책하는 꿈을 꾸었다. 꿈속에서 앨리스는 아주 진지하게 말했다. '자, 다이나야, 진실을 말해줘. 박쥐를 먹은 적 있니?' 갑자기 털썩! 소리와 함께 검불 더미 위에 안착하면서 추락이 멈췄다.

　앨리스는 손가락 하나 다치지 않아서 곧바로 벌떡 일어섰다. 위를 쳐다보았지만 깜깜해서 아무것도 보이지 않았다. 앨리스의 눈앞에는 또 다른 출구가 길게 펼쳐져 있고 흰 토끼가 서둘러 내려가고 있는 게 보였다. 꾸물거릴 시간이 없었다. 바람처럼 따라나선 덕분에 앨리스는 모서리를 막 돌면서 토끼가 하는 말을 가까스로 들을 수 있었다. "아이구 맙소사! 아슬아슬하게 지각하겠군!" 앨리스는 모퉁이까지는 토끼를 바짝 뒤쫓아 왔지만 모퉁이를 돌아서자 토끼는 눈앞에서 사라졌다. 앨리스는 이제 길고 나지막하게 펼쳐진 복도에 혼자 남게 되었다. 천장에 한 줄로 매달린 전등이 복도를 밝히고 있었다.

복도에는 사방팔방으로 문이 있었지만 다 닫혀 있었다. 앨리스는 이 문으로 갔다가 저 문으로 가면서 모든 문을 열어보았지만 아무런 소용이 없었다. 복도 중간에 와서 주저앉아 어떻게 하면 이곳을 빠져나갈 수 있을지 궁리했다.

작은 삼각 탁자가 앨리스의 눈에 확 들어왔다. 유리로 만든 탁자 위에 작은 황금 열쇠만 놓여 있었다. 앨리스는 이 열쇠로 복도의 문 중에 하나는 열 수 있지 않을까 하는 생각이 들어 열어보았지만 안타깝게도 자물쇠가 너무 크거나 열쇠가 너무 작았다. 아무리 해봐도 열리는 문이 없었다. 하지만 두 번째 시도하면서 처음 시도할 때 보지 못했던 짧은 커튼을 보았는데 커튼 뒤에 높이 40센티 정도의 작은 문이 있었다. 작은 황금 열쇠를 자물쇠에 넣었더니 천만다행히도 딱 맞았다.

앨리스는 문을 열고 쥐구멍만한 작은 통로를 찾았다. 무릎을 꿇고 통로를 쳐다보았더니 지금까지 본 정원 중에 가장 예쁜 정원이 보였다.

어두운 복도를 빠져나와 화사한 화단과 시원한 분수가

있는 정원으로 나가고 싶은 마음이야 굴뚝 같지만 머리조
차 빠져나갈 수 없는 통로였다. '머리가 빠져나가도 어깨
가 빠지지 않으면 아무 소용이 없어. 망원경처럼 몸체를 접
을 수만 있다면 얼마나 좋을까?' 어떻게 시작하는 줄만 안
다면 할 수 있을 것 같았다. 상상도 못한 일들이 지금 벌어
지고 있다 보니 앨리스는 정말로 불가능한 일은 거의 없다
고 믿게 되었다.

　작은 문 옆에서 기다려봐야 아무런 소용이 없을 것 같아
서 앨리스는 탁자 쪽으로 돌아왔다. 다른 열쇠를 찾거나 어

쨌거나 망원경처럼 몸체를 접는 법을 알려주는 책을 발견
할 수 있지 않을까 하는 일말의 희망을 품었다. 이번에 앨
리스는 탁자 위에서 작은 병을 발견했다. (조금 전에는 분명
히 없었다고 앨리스는 말했다.) 병 목에 걸어놓은 종이 상표에
는 '날 마셔요'라는 단어가 아름다운 대문자 서체로 인쇄되
어 있었다.

'날 마셔요'라고 말하는데 사양할 일은 아니지만 나이가
어려도 신중한 앨리스는 덥석 마실 생각은 없었다. '아니야,

먼저 살펴봐야겠어. '독성' 표시 여부를 살펴야지.' 앨리스는 화상을 입거나 야생 동물에게 잡아먹힌 아이들의 이야기를 담은 문고판 책을 여러 권 읽었다. 이런 아이들이 불행한 일을 당한 이유는 친구들이 일러준 단순한 지침을 기억하지 못했기 때문이었다. 예를 들면, 뜨겁게 달군 꼬챙이를 너무 오래 잡고 있으면 화상을 입는다거나 손가락을 칼로 깊이 베면 피가 난다거나 '독성'이라고 표시된 병에 든 것을 마시면 언젠가는 독이 오른다는 지침 등이 있다.

하지만 이 병에는 '독성' 표시가 없었다. 과감하게 맛을 보았더니 아주 맛이 좋아서(실제로 체리 타르트, 커스터드, 파인애플, 구운 칠면조, 태피(taffy), 버터 발라 구운 토스트 맛이 섞여 있었다) 금방 다 마셔버렸다.

"기분이 이상해! 내 몸이 망원경처럼 접혀지는 것 같아."

실제로 몸이 작아지고 있었다. 이제 앨리스의 키는 30센티도 채 되지 않았다. 작은 문을 빠져나가 멋진 정원으로 나갈 수 있을 정도의 크기로 작아졌다는 생각에 앨리스의 얼굴은 밝아졌다. 하지만 먼저 앨리스는 몸이 더 작아질 수 있는지 알아보려고 몇 분 더 기다렸다. 더 작아지면 어떻게 될지 조금 불안하고 초조했다. 앨리스는 혼잣말을 했다.

'언젠가 끝이 있겠지. 내가 양초처럼 완전히 없어지는 게 아닐까. 그렇게 되면 나는 어떻게 되는 걸까?' 앨리스는 양초가 다 타고 나면 촛불이 어떻게 될지 상상해보려고 애를 썼다. 촛불이 꺼지는 장면을 본 적이 있는지 잘 기억나지 않았기 때문이었다.

잠깐 기다려보아도 몸이 더 이상 줄어들지 않아서 앨리스는 바로 정원에 나가기로 마음먹었다. 하지만 앨리스는 문 앞으로 갔다가 안타깝게도 작은 황금 열쇠를 안 갖고 있다는 것을 알게 되었다. 열쇠를 찾으러 탁자로 되돌아 왔더니 손이 닿지 않았다. 유리 탁자여서 탁자 위의 열쇠가 빤히 보였다. 탁자 다리 하나를 붙잡고 탁자 위에 올라가려고 용을 썼지만 탁자 다리가 너무 미끄러웠다. 섯 넉넌 힘까지 쉬어짜다가 지친 앨리스는 주저앉아 엉엉 울었다.

"진정해, 이렇게 울어봐야 아무런 소용 없어!" 앨리스는 자기 자신을 따끔하게 야단쳤다. "좋은 말로 할 때 당장 뚝 그쳐." 앨리스는 보통 자신에게 최상의 조언을 잘하고(그 조언을 잘 따르는 경우는 거의 없긴 하지만) 가끔은 눈물이 쏙 빠질 정도로 혼낸다. 한번은 혼자서 장군이야 멍군이야 하면서 크로케 경기를 하는 데 속임수를 썼다고 자기 뺨을 때리려고 했던 적이 있다는 기억이 났다. 호기심 많은 아이인 앨리스는 혼자서 둘인 것처럼 놀이하는 것을 아주 즐겼다. '지금 상황에서 둘인 것처럼 하는 놀이는 소용없어. 왜냐하면 너무 작아져서 온전히 한 사람 몫을 하기도 힘들어졌잖아.' 불쌍한 앨리스는 이런 생각이 들었다.

그러다가 바로 탁자 아래 놓인 작은 유리 상자에 눈길이 멈췄다. 상자를 열어보니 상자 안에 조그마한 케이크가 있었는데 건포도로 '날 먹어요' 하는 글자가 장식되어 있었다.

'좋아, 먹어야지. 먹고 몸이 자라면 탁자 위의 열쇠를 잡을 수 있게 되고 몸이 더 줄어들면 문 아래로 기어 나갈 수 있게 되겠지. 어떻게 되든 정원으로 나갈 수 있게 되니까 어떤 일이 벌어지더라도 상관없어.'

앨리스는 케이크를 한 조각 먹고 초조하게 혼잣말을 했다. '크는 거야, 작아지는 거야?' 손을 머리 위에 대고 키가 작아지는지 커지는지 확인했다. 놀랍게도 아무런 변화가 없었다. 사람이 케이크를 먹으면 일어나는 일반적인 현상이지만 앨리스는 아무것도 기대하지 않다가 엄청난 일을 겪다 보니까 삶이 정상적으로 흘러가는 일이 너무 재미없고 시시해 보였다.

그래서 앨리스는 다시 케이크를 먹기 시작해 금방 다 먹어 치웠다.

눈물 웅덩이

"갈수록 희한하네!" 앨리스는 울부짖었다. (앨리스는 너무 충격을 받아서 순간적으로 말을 제대로 할 수 없었다.) "이번에는 내 몸이 지상 최대의 망원경처럼 펼쳐지고 있어. 잘 가라, 내 발아!"(앨리스가 자기 발을 내려다보니 거의 보이지 않을 정도로 멀어지고 있었다.) '아이고, 나의 불쌍한 작은 발아, 이제부터 누가 네게 신발과 양말을 신겨줄 수 있을까? 나는 절대로 할 수 없을 것 같아. 너무 멀리 떨어져 있어서 내가 아무리 용을 써도 너희들을 돌볼 수 없을 것 같아. 이제 너희들이 알아서 스스로 돌봐야 한단다. 그렇지만 너희들을 친절하게 대해

야겠어. 안 그러면 내가 가자는 대로 안 갈 테니까. 어디 보자, 매해 크리스마스마다 새 신발 한 켤레는 선물해야겠어.'

앨리스는 신발 선물을 어떻게 보낼지 고민하기 시작했다. '아무래도 우편집배원한테 부쳐야겠지. 자기 발에게 선물을 보낸다니 정말 웃긴다. 배송 주소도 가관일 거야.'

받는 사람: 앨리스의 오른발 귀하

　　　　벽난로 앞

　　　　깔개 근처

받는 사람: 앨리스, 사랑을 담아

'아 낯 뜨거워라, 무슨 말도 안 되는 소리를 지껄이고 있는 거야!'

키가 커져서 이제 3미터에 육박하니 머리가 거실 천장에 닿을 지경이었다. 앨리스는 작은 황금 열쇠를 집자마자 정원 문 쪽으로 황급히 움직였다.

불쌍한 앨리스! 할 수 있는 일이라고는 옆으로 누워서 한 눈으로 정원을 바라보는 것밖에 없었다. 정원으로 빠져나가는 일은 이제 아예 꿈도 꿀 수 없는 일이 되어버렸으니 앨리스는 앉아서 다시 울기 시작했다.

'창피한 줄 알아야지, 너처럼 기린만한 아이가 이렇게 넋 놓고 울다니! 좋은 말로 할 때 당장 그치지 못해!' 하지만 앨리스는 울음을 그치지 않고 눈물을 바가지로 퍼붓듯 쏟아내서 주변으로 10센티 깊이의 물 웅덩이가 생기더니 거실의 반 징도 높이로 차올랐다.

잠시 후 멀리서 깡총깡총 뛰는 발소리가 희미하게 들리

기 시작했다. 앨리스는 서둘러 눈물을 닦고 누가 다가오는
지 살폈다. 흰 토끼가 되돌아오고 있었다. 화려하게 차려 입
고 한 손에 햐얀 가죽 장갑 한 켤레를 들고 다른 손에 큰 부

채를 들고 있었다. 아주 급하게 깡총깡총 뛰어오면서 중얼거렸다. "오! 공작 부인님, 제발 제가 늦었다고 너무 화내지 마세요!" 앨리스는 너무 절박한 심정에 그 누구에게라도 도움의 손길을 요청할 기세였다. 토끼가 가까이 다가오자 나지막한 목소리로 조심스럽게 "선생님, 저 좀~"이라고 도움을 요청했다. 깜짝 놀란 토끼는 가죽 장갑과 부채를 팽개치며 걸음아 날 살려라 하고 어둠 속으로 도망쳤다.

앨리스는 부채와 장갑을 집어들었다. 거실은 너무 더워서 앨리스는 계속 부채를 부치면서 혼잣말을 했다. '어떡해! 오늘은 모든 일이 너무 이상해! 어제는 평상시와 똑같이 하루가 지나갔어. 밤 사이에 내가 변한 건가? 가만있어 보자. 오늘 아침에 일어났을 때 같은 사람이었나? 느낌이 좀 달랐다는 기억이 있는 것 같아. 내가 어제와 같은 사람이 아니라면 도대체 그럼 '나는 누구인가?' 하는 질문을 하지 않을 수 없네. 아, 이건 풀기 힘든 수수께끼야.' 앨리스는 알고 있는 자기 또래 아이들 중에 누군가 하고 바뀐 게 아닐까 생각해 보기 시작했다.

'내가 메이다로 바뀐 건 아닌 게 분명해. 메이다는 긴 곱슬머리인데 나는 전혀 곱슬이 아니니까. 그렇다고 네이블일리는 없잖아. 나는 모르는 거 빼고 다 아는데 메이블은 깡통이야. 머리에 든 게 없어. 게다가 걔는 걔고 나는 나야. 어떡해, 모든 게 뒤죽박죽이야! 알던 내용을 기억하는지 확인해봐야지. 어디 보자. 사사 십이, 사육에 십삼, 사칠에 — 뭐지. 이래 갖고는 20근처도 못 가겠어! 하지만 구구단은 별로 중요하지 않아. 지리 한번 해볼까. 런던은 파리의 수도이고, 파리는 로마의 수도지 — 로마는. 아니구나, 다 틀린 게 확실해. 내가 메이블로 바뀐 게 확실해! 〈꼬마 악어〉 가사 한번 외어봐야지' 하면서 앨리스는 수업 시간에 하는 것처럼 손을 무릎에 가지런히 놓고 외우기 시작했다. 그런데 목이 쉬었는지 목에서는 이상한 소리가 나고 가사는 잘 떠오르지 않았다.

"꼬마 악어가 반짝이는 꼬리로
나일강의 강물을 퍼서
황금 비늘에 모두 부어서
더 반짝거려요!"

"꼬마 악어가 기분이 좋아서
싱글벙글 거려요,
이빨을 가지런히 벌리고

턱은 온화하게 미소지으며

새끼 물고기를 꿀꺽 삼켜요!"

"가사가 엉망진창이야." 불쌍한 앨리스는 이렇게 말하면서 다시 눈물이 그렁그렁한 눈으로 말을 이었다. "어쨌든 내가 메이블로 바뀐 게 틀림없어. 오두막집으로 들어가 살아야 할 거야. 갖고 놀 장난감은 하나도 없는데 배워야 할 공부는 끝이 없어! 안 돼, 그 집에 들어갈 수는 없어. 내가 만약 메이블로 바뀌었다면 차라리 여기 처박혀 살겠어. 저기서 내려다보면서 '애야, 다시 올라오렴!'이라고 꼬셔도 아무 소용없어. 나는 고개를 쳐들고 '먼저 제가 누구인지 말해주세요. 먼저 말해주셔야 내가 그 사람인 게 마음에 들면 올라가겠지만, 내가 아닌 다른 누군가라면 여기 머물 거예요'— 그렇지만 아이고 불쌍해라." 앨리스는 닭똥 같은 눈물을 쏟아내며 울었다. "제발 누군가 머리를 들이밀었으면 좋겠어. 나는 여기 혼자 있는 게 너무 지친단 말이야!"

이렇게 중얼거리면서 앨리스는 자기 손을 쳐다보고는 혼잣말하는 동안 토끼의 흰 가죽 장갑을 끼고 있는 것을 보고 낌찍 놀랐다. '이렇게 이런 일이?' 앨리스는 의아하게 생각했다. '다시 작아지고 있는 게 틀림없어.' 앨리스는 일어나 키를 재어보려고 탁자 쪽으로 갔다. 짐작하건대 지금 키가 60센티쯤 되고 빠르게 줄어들고 있었다. 손에 들고 있는 부채 때문에 키가 줄어들고 있다는 사실을 퍼뜩 알아차리고 화들짝 놀라 부채를 떨어뜨렸다. 덕분에 키가 완전히 쪼그러드는 사태를 가까스로 막을 수 있었다.

'정말 아슬아슬하게 피했다!' 급작스러운 변화에 가슴이 철렁한 앨리스는 말하면서 아직 존재하고 있는 자신을 발견하고 크게 안도했다. '이제 정원으로 나갈 수 있겠어.' 앨리스는 작은 문을 향해 전속력으로 달렸다. 하지만 안타깝게도 작은 문은 닫혀 있고 황금 열쇠는 여전히 유리 탁자 위에 있었다. '상황은 더 나빠졌어. 아까보다 키가 더 작아졌으니까, 이보다 더 작았던 적은 없어! 정말 이건 최악이야, 끝났어.' 불쌍한 앨리스는 말했다.

이런 말을 하는 와중에 발이 미끄덩거리더니 어느 순간 웅덩이에 풍덩 빠졌다. 소금물 속에 빠져서 물이 턱 밑까지 차올랐다. 어떻게 하다가 바닷물에 빠졌구나 하는 생각이 얼핏 들었는데 '그렇다면 열차로 집에 돌아갈 수 있겠네.' 앨리스는 혼잣말을 했다. (앨리스는 지금까지 살면서 해변에 간 적이 한 번 있는데, 영국 해변은 어디로 가든지 수영복으로 갈아 입을 수 있는 입욕기가 바다에 몇 대 떠 있고 나무 삽으로 모래

를 파고 있는 아이들과 늘어서 있는 숙소, 그 숙소 뒤에 기차역이 있다는 일반론에 도달했다.) 하지만 이내 앨리스는 지금 자기 키가 3미터였을 때 울어서 만들어진 눈물 웅덩이에 빠져 있는 상황이라는 것을 알아차렸다.

'그렇게 지나치게 우는 게 아니였는데!' 앨리스는 웅덩이에서 빠져나갈 길을 찾아 헤엄치면서 이렇게 후회했다. '너무 지나치게 운 죄로 이제 내 눈물에 빠져 죽는 벌을 받게 되나 봐! 참으로 기이한 일이야. 하긴 오늘 모든 일이 기이해!'

바로 그때 조금 떨어진 곳에서 뭔가 첨벙거리는 소리가

났다. 앨리스는 소리의 정체를 파악하려고 헤엄을 쳐서 소리 나는 곳으로 다가갔다. 처음에는 그게 바다코끼리나 하마가 아닐까 생각했다. 그러나 이제 몸이 조그맣게 줄어든 상태라는 사실이 생각난 앨리스는 자기처럼 물 웅덩이에 빠진 생쥐 한 마리밖에 없다는 사실을 바로 알아차렸다.

'이 생쥐에게 말하는 것이 무슨 소용이 있을까? 여기서 벌어지는 일은 모두 너무 황당한 일이라서 쥐가 말을 못 할 이유는 없지 않을까? 어쨌든 말해서 손해날 게 없잖아.' 앨리스는 이런 생각을 하면서 생쥐에게 말을 걸었다. "생쥐야, 이 웅덩이에서 빠져나가는 방법을 알고 있니? 나는 여기서 헤엄치다가 지쳤단다, 생쥐야."(앨리스는 생쥐에게는 이렇게 말을 하면 되는 줄 알았다. 앨리스는 생쥐에게 말을 걸어본 적은 없지만 오빠의 라틴 문법책에서 '생쥐가―생쥐의―생쥐에게―생쥐를―생쥐여!'라고 기본 조사변화를 본 것 같았다.) 생쥐는 앨리스를 찬찬히 뜯어보더니 한 눈을 찡긋하면서 윙크하는 것 같았지만 아무 말도 하지 않았다.

'생쥐는 영어를 못 알아들을 거야. 분명히 이 생쥐는 정복자 윌리엄을 따라 영국에 온 프랑스 생쥐일 거야.' 앨리스는 이런 생각을 했다. (쥐꼬리만한 역사 지식을 가진 앨리스로는 이게 언제적 일인지 짐작할 수 없었다.) 앨리스는 다시 말

을 이었다. "내 고양이는 어디 있니?('우 에 마 사뜨Où est ma chatte?)" 프랑스어 교본에서 처음 배운 문장이었다. 생쥐는 물에서 펄쩍 뛰면서 겁에 질려 온몸을 떠는 것 같았다. "오, 정말 미안해. 네가 고양이를 싫어한다는 것을 깜빡했어." 앨리스는 불쌍한 생쥐의 기분을 나쁘게 한 것 같아서 황급히 사과했다.

"고양이를 좋아하지 않아. 만약 네가 내 입장이라면 고양이를 좋아할 수 있겠니?" 생쥐는 앙칼진 목소리로 울부짖었다.

"그렇지는 않겠지." 앨리스는 달래듯이 말했다. "그랬다고 화내지 마. 우리집 고양이 다이나를 보여주고 싶어. 네가 다이나를 본다면 너도 고양이를 좋아하게 될 거야. 다이나는 너무 얌전한 고양이야." 앨리스는 웅덩이에서 쉬엄쉬엄 헤엄치면서 혼잣말하듯이 이야기를 이어갔다. "다이나는 화롯가 옆에 얌전하게 앉아 가르랑거리며 손톱도 핥고 얼굴을 쓰다듬고 있겠지. 우리 고양이는 까탈스럽지 않아서 키우기도 쉽고 쥐 잡는 데 선수야. 아이쿠 미안, 이놈의 주둥이가 또 주책을 부렸네." 앨리스는 또 다시 사과를 했다. 이번에는 생쥐가 온몸의 털을 곤두세워서 정말 화가 났다는 사실을 누가 봐도 느낄 수 있었다. "네가 싫어한다면 고양이 이야기는 더 이상 입에 올리지 않기로 약속할게."

"제발 좀. 내가 언제 고양이 얘기 꺼내기라도 했어? 우리 쥐들은 고양이를 철천지 원수로 여기거든. 지저분하고 비겁하고 야비한 족속들이지. 내 앞에서 앞으로 고양이의 '고' 자도 꺼내지 마."

"다시는 입에 올리지 않을게." 앨리스는 화제를 급히 바꾸었다. "너 말이야, 혹시 강아지 좋아하니?" 생쥐가 아무 대꾸도 하지 않자 앨리스는 부랴부랴 화제를 이어갔다. "너한테 꼭 보여주고 싶은 멋진 강아지 한 마리가 우리 집 근처에 있어. 눈빛이 밝은 테리어종인데 갈색 털이 굵은 곱슬인 개를 본 적 있지. 뭐든 던지면 잘 주워오고 앉아서 밥 달라고 기다릴 줄도 알고 시키면 뭐든 다 해. 온갖 걸 다 하는 것 봤는데 다 기억하지는 못 하겠어. 농부네 개인데 사람보다 더 쓸모가 있어서 천금을 줘도 안 팔겠다고 했어. 아무 쥐나 가리지 않고 잡는다고 그러던데— "아이쿠 미안!" 하면서 앨리스는 비통한 목소리로 울부짖었다. "이런 말 안 하기로 해놓고 또 해버렸네." 생쥐가 죽을 힘을 다해 헤엄쳐서 도망가자 그 뒤로 물보라가 일었다.

앨리스는 조용히 생쥐를 불렀다. "생쥐님, 제발 돌아와 줘요. 고양이나 개 이야기는 싫어하신다면 다시는 하지 않을게요." 생쥐는 이 말을 듣고서는 봄을 놀려 헤엄치면서 앨리스에게로 돌아왔다. 얼굴이 창백해진 생쥐는 약간 떨리는 목소리로 말했다. "일단 뭍으로 나가자구. 내 이야기를 해줄게. 그럼 내가 왜 고양이와 개를 싫어하게 되었는지 이해하게 될 거야."

이제 해변으로 빠져나가기 딱 좋은 시간이었다. 웅덩이에 빠진 새와 동물들이 즐비했다. 오리와 도도새, 로리와 새끼 독수리를 비롯해 온갖 동물들이 있었다. 앨리스의 길 안내로 이들 동물 친구들은 눈물 웅덩이에서 빠져나왔다.

코커스 경기와 긴 이야기

강둑에 모인 동물들은 꼴이 말이 아니었다. 새들은 날갯죽지를 바닥에 질질 끌고 있고 물이 뚝뚝 떨어질 정도로 젖은 동물들은 털이 몸에 딱 달라붙어 있어서 모든 게 언짢고 불편했다.

당연히 우선적으로 해결할 일은 어떻게 몸을 말릴까였다. 해결 방안을 상의하면서 몇 분 지나고 나니 앨리스는 이들 동물과 평생 함께 지낸 친구들처럼 스스럼없이 이야기를 나누는 자신을 발견하고도 이를 아주 당연한 일로 여겼다. 앨리스가 앵무새와 꽤 오래 실랑이를 벌이다 보니 결국

심술이 난 앵무새는 "내가 언니니까 내 말 들어" 하고 한 마디 툭 내뱉는 지경에 이르렀다. 앨리스 입장에서는 앵무새의 나이를 확인하기 전에는 앵무새의 입장을 받아들일 생각이 없었지만, 앵무새가 나이를 밝히지 않겠다고 딱 잘라 말하니 더 이상 따질 방도가 없었다.

　마침내 이들 무리 중에 우두머리 역할을 맡은 것으로 보이는 생쥐가 큰 소리를 쳤다. "다들 자리에 앉아서 제 말 좀 들어보세요. 제가 여러분을 금방 산뜻하게 말려드리겠습니다!" 모두 생쥐를 중심으로 둥글게 바로 앉았다. 앨리스는 생쥐에게서 눈을 떼지 않고 초조하게 바라보았다. 만약 곧장 몸을 보송보송하게 말리지 못한다면 독감에 걸리게 될 것이라는 느낌이 팍 들었기 때문이었다.

생쥐는 거만한 투로 말했다. "에헴! 여러분 전부 준비되셨습니까? 이게 내가 아는 이야기 중에 가장 무미건조한 이야기입니다. 제발 끝까지 조용히 해주세요. 정복자 윌리엄은 교황의 지지를 받아서 영국을 정복하게 되었습니다. 그 당시 영국은 왕위찬탈과 정복을 많이 당하다 보니 지도자를 원했죠. '머시아와 노섬브리아 왕국'의 백작이었던 에드윈과 모르카는…"

"에휴!" 앵무새는 몸을 떨면서 불평했다.

"잘 안 들립니다! 뭐라고 말씀하셨습니까?" 생쥐는 인상을 찌푸렸지만 아주 정중하게 말했다.

"아무 말 안 했는데요!" 앵무새가 얼버무렸다.

"뭐라고 하는 줄 알았습니다." 생쥐가 말을 받았다. "그럼 이야기를 이어서 하겠습니다. '머시아와 노섬브리아 왕국'의 백작이었던 에드윈과 모르카는 정복자 윌리엄을 지지하고 영국 왕실편인 스티건드 켄터베리 대주교까지도 그게 좋다고 판단했고…"

"뭘 판단했다는 거죠?" 오리가 질문했다.

"뭘 판단하겠어요. '그게' 뭔지는 삼척동자도 알죠." 생쥐는 퉁명스럽게 면박을 주었다.

"내가 뭘 찾았다면 그게 뭔지는 알죠. 말 안 해도 개구리 아니면 지렁이죠. 내가 묻는 질문은 대주교가 뭘 판단했냐는 겁니다." 오리가 되물었다.

생쥐는 이 질문은 흘려듣고는 다급하게 이야기를 이어 갔다. "에드가 에슬링 왕자와 함께 윌리엄을 만나 왕관을 전하는 것이 좋겠다고 판단했죠. 윌리엄은 처음에는 점잖게 나오다가 노르만 족의 오만방자함이란… 이제 물기가 좀 말랐나요, 아가씨?" 생쥐는 앨리스에게 고개를 돌리면서 이야기를 이어갔다.

"마르긴 뭐가 말라요. 무미건조한 이야기로 몸을 말릴 수 있는 것 같지 않아요." 앨리스는 맥이 빠지는 소리를 했다.

그때 도도새가 벌떡 일어나 진중하게 말했다. "상황이 이렇다면 옛날이야기 듣기 모임을 휴회하고 좀 더 활동적인 처방을 즉시 도입하도록 합시다…."

새끼 독수리가 반박했다. "우리말로 말하세요. 어려운 문자를 쓰니 반도 못 알아듣겠습니다. 당신도 뜻도 모르면서 유식한 척하는 거죠." 새끼 독수리는 삐져나오는 비웃음을 숨기느라 고개를 숙였고 다른 새들은 내놓고 킥킥거렸다.

도도새는 기분 나쁜 말투로 말했다. "몸을 말리기 가장 좋은 방안은 코커스 경주를 하면 된다는 것 아닙니까?"

"코커스 경주가 뭐예요?" 앨리스가 물었다. 딱히 코커스 경주가 궁금해서 질문한 것은 아니었다. 도도새가 하던 말을 멈추고 있어서 누군가 말을 해야 하는 분위기인데 자기 이외에 아무도 질문할 생각을 하지 않고 있었기 때문이었다.

도도새가 설명했다. "시시콜콜히 설명할 필요가 있을까요? 코커스 경기는 말로 설명하기보다는 한번 해보는 게 가장 좋아요."(겨울철에 이런 놀이를 직접 해보고 싶을 수도 있으니 도도새가 이 경기를 어떻게 진행했는지 설명해보겠다.)

처음에 경기장 코스를 원 모양으로 표시한 다음에(반드시 정확한 모양으로 그릴 필요는 없다) 동물들이 코스 여기저기에 위치했다. 아무도 "하나, 둘, 출발"이라고 외쳐서 경기 시작을 알리진 않았지만 마음 내키는 대로 출발해서 자기 맘대로 경기를 끝냈다. 그러니까 경기가 언제 끝났는지 알기는 쉽지 않았다. 하지만 반 시간 정도 달리니 몸이 어느 정도 잘 말라서 도도새는 갑자기 "경기를 종료합니다" 하고 선언했다. 동물들은 달리기 코스 여기저기에 흩어져서 헐떡거리며 "누가 이긴 거죠?" 하고 웅성거렸다.

도도새도 이 질문에는 깊이 생각해보지 않고는 대답할

수 없는 듯 이마에 손가락 하나를 짚고는 한참 앉아 있어서 (셰익스피어 초상화에서 봄 직한 자세) 다른 이들은 말없이 기다렸다. 마침내 도도새가 선언했다. "모두 승리자이니까 모두 상을 받아야 합니다."

"상은 누가 줄 건가요?" 모두 합창하듯 물었다.

도도새는 손가락으로 앨리스를 가리키며 "물론 저 여자가 주지요." 동물들은 일제히 앨리스 주변에 모여서 아우성을 질렀다. "상을 주세요! 상을!"

앨리스는 어쩔 줄 몰라서 지푸라기라도 잡는 심정으로 주머니에 손을 넣었다. 손에 잡힌 사탕봉지를 꺼내서 (다행히 사탕봉지에 소금물이 들어가지 않았다) 동물들에게 하나씩 상으로 나누어주었다. 모두에게 사탕 한 알씩 나누어주고 나니 모자라지도 남지도 않았다. 생쥐가 한마디했다. "앨리스 자신에게도 상을 하나 줘야 하는데."

도도새도 아주 근엄하게 맞장구를 치며 앨리스를 쳐다보았다. "당연하지요. 주머니에 남은 게 뭘까요?"

"골무밖에 없는데요." 앨리스는 난처했다.

"나한테 주세요." 도도새가 요청했다.

동물들이 앨리스 주위로 한번 더 모여들자 "이 멋진 골무를 상으로 받아줄 것을 간청합니다" 하고 도도새는 말하면

서 골무를 앨리스에게 수여하는 의식을 경건하게 치렀다. 간략한 수여 연설이 끝나자 모두 박수를 쳤다.

앨리스는 이 모든 행사가 어처구니없는 일로 여겨졌지만 모두 너무 진지한 표정을 짓고 있어서 감히 비웃을 수는 없었다. 수상 소감으로 할 말이 전혀 생각나지 않아서 앨리스는 그냥 고개 숙여 인사하고 골무를 받는 과정에서 최대한 진지한 표정을 지었다.

수여식이 끝나고 사탕 먹는 일이 남았다. 사탕을 먹는 데

난장판이 벌어졌다. 큰 새들은 무슨 맛인지 간에 기별도 안 간다고 불평했고 작은 새들은 사탕이 목에 걸려서 등을 두들겨 줘야 했다. 어찌어찌하여 사탕을 다 먹고 난 뒤 동물들은 둘러앉아서 생쥐에게 남은 옛날이야기를 마저 해달라고 졸랐다.

"저한테 당신이 살아온 이야기를 해주기로 약속했었죠. 왜 고양이와 개를 싫어하는지도." 앨리스는 이 말을 소곤거리면서 다시 생쥐의 신경을 건드릴까 봐 마음을 졸였다.

"내가 지난날의 얘기(tale)를 다 하자면 눈물을 한 바가지 짜내며 하루 밤을 새도 모자라지." 생쥐는 이렇게 한탄하면서 앨리스에게로 고개를 돌렸다.

"당신의 꼬리(tail)는 길고 말고요." 앨리스는 생쥐의 꼬리를 경이로운 눈빛으로 바라보며 말했다. "그런데 왜 슬픈 사연이 담겨 있다는 거죠?" 생쥐가 말하는 동안 앨리스는 이에 대한 의문이 머릿속을 떠나지 않다 보니 이 이야기가 이렇게 꼬리에 꼬리를 무는 흐름이었다는 느낌을 갖게 되었다.

"사나운 개 퓨어리가
집에서 만난
생쥐에게 말했다.
"우리 법원에서
봅시다.
당신은
콩밥 먹어야 돼
가자구,
싫다 해도 소용없어.
재판 받아야 해.
오늘 아침에는
정말 할 일이 하나도
없으니까."
생쥐가 똥개에게
말했다.
"이보세요,
선생님,
배심원도 없고
재판관도 없는
재판은
시간 낭비일
뿐이요."
"내가
재판관하고
내가 배심원
할 거요."
약아빠진
늙은 개는
말했다.
"내가
소송에서
북 치고
장구 쳐서
당신에게
사형을
언도
하
겠
소."

"내 이야기는 안 듣고 무슨 생각을 하는 거야?" 생쥐는 앨리스를 야단쳤다.

"뭐라고요? 꼬리가 다섯 번 꼬인 것 같아요." 앨리스는 황송한 듯이 얼버무렸다.

"무슨 말 같지도 않은 헛소리야!" 생쥐는 아주 화가 나서 찍찍거리며 악을 썼다.

"매듭이에요! 제발 매듭을 풀 기회를 주세요." 앨리스는 언제든지 도움을 줄 만반의 준비를 하고서 초조하게 쥐를 바라보았다.

"쥐는 매듭 같은 건 안 풀어. 넌 말도 안 되는 헛소리로 나를 모욕했어." 생쥐를 버럭 화를 내고 일어나서 밖으로 나가버렸다.

"농담이에요, 농담! 너무 잘 삐치시는 것 같아요!" 불쌍한 앨리스는 핀잔을 주었다. 화가 난 생쥐는 말없이 씩씩거렸다.

"제발 돌아와서 하던 이야기를 마저 해줘요!" 앨리스가 소리를 지르자 다른 동물들도 합창하듯 외쳤다. "제발 이야기를 마저 해주세요!" 하지만 생쥐는 고개를 완강히 가로지었고 젠걸음으로 달아났다.

"얘기하다 말고 가면 어떡해요?" 생쥐가 멀리 사라지자 앵무새가 한숨을 쉬었다. 이 기회를 틈타 늙은 게가 딸에게 잔소리를 했다. "얘야, 이런 것을 보고 자기 성질 못 이겨 화를 내면 절대로 안 된다는 교훈을 배우는 기회로 삼아야 한단다." 아기 게는 쏘아붙이듯이 맞받아쳤다. "엄마, 제발 좀 조용히 하세요. 엄마야말로 굴처럼 입을 꾹 다무는 법을 배워야 해요."

"다이나가 여기 있었으면 좋았을걸. 다이나가 바로 잡아 올 텐데!" 앨리스는 누가 들으라고 말하는 것은 아니지만 큰 소리로 말했다.

"다이나가 누구예요? 감히 질문을 해도 괜찮은지 모르겠지만." 앵무새가 조심스럽게 물었다.

앨리스는 진정성을 담아 대답했다. 앨리스는 애완묘 이야기라면 자다가도 벌떡 일어나 할 정도다. "다이나는 저의 애완묘예요. 다이나는 쥐 잡는 데는 아주 선수예요. 새 잡으려 가는 거 한번 보셔야 하는데. 다이나는 새는 눈에 보이는 대로 잡아먹으니까요!"

이 말은 동물들 사이에 엄청난 반향을 일으켰다. 늙은 까치 맥피는 날개를 아주 조심스럽게 감싸며 한마디 했다. "아까 집에 들어갔어야 했는데. 밤공기가 목에 해롭거든요." 카나리아는 떨리는 목소리로 새끼들을 불렀다. "얘들

아, 가자. 벌써 잠자리에 들어야 할 시간이다." 이런저런 핑계를 대며 동물들이 모두 자리를 떠나는 바람에 얼마 후 앨리스는 혼자 남게 되었다.

'다이나 이야기는 하지 말 걸.' 앨리스는 괜한 소리를 해서 소란을 일으켰다고 후회했다. '여기서는 다이나를 좋아하는 동물은 아무도 없나봐. 하지만 다이나는 세상에서 최고의 고양이야. 보고 싶은 다이나야! 살아생전에 너를 다시볼 수 있을까?' 너무 외롭고 기분이 우울해서 불쌍한 앨리스는 다시 울기 시작했다. 얼마 지나지 않아서 앨리스는 멀리서 사부작 사부작거리는 발자국 소리를 들었다. 앨리스는 목을 빼고 쳐다보았다. 생쥐가 마음을 고쳐먹고 하던 이야기를 마무리하러 돌아오기를 내심 기대했다.

4장

토끼가 새끼 도마뱀 빌에게
심부름을 시키다

터벅터벅 되돌아오고 있는 것은 흰 토끼였다. 마치 잃어버
린 뭔가를 찾는 것처럼 주변을 찬찬히 살피면서 걸어오고
있었다. 흰 토끼가 혼자 투덜대는 소리가 들렸다. "공작부
인! 공작부인! 앙증맞은 내 발아! 내 털과 수염아! 안 봐도
뻔해. 공작부인이 날 보면 처형하려고 할 거야. 어디에서 잃
어버렸을까?" 앨리스는 토끼가 찾고 있는 것이 부채와 흰
가죽 장갑 한 켤레라는 것을 바로 짐작했다. 마음씨가 착한
앨리스는 그것을 찾기 시작했지만 어디에서도 보이지 않
았다. 앨리스가 눈물 웅덩이에 빠져 허우적거리면서 모든

게 바뀐 것 같았다. 유리 탁자와 작은 문은 말할 것도 없이 긴 복도가 통째로 사라져버렸다.

앨리스가 잃어버린 것을 찾으려 나서자마자 토끼는 앨리스를 알아보고 화난 목소리로 앨리스에게 고함을 질렀다. "메리 앤, 도대체 여기서 뭐하고 있는 거야! 당장 집으로 뛰어가 장갑 한 켤레와 부채를 갖다 줘. 지금 당장 서둘러!"앨리스는 너무 놀란 나머지 사람 잘못 본 것 같다고 따질 엄두도 내지 못하고 토끼가 가리키는 방향으로 바로 달려나갔다.

'날 자기 하녀로 착각한 모양이야.' 앨리스는 뛰어가면서 혼잣말을 했다. '내가 누구인 줄 알면 깜짝 놀랄 걸. 어쨌든 부채와 장갑을 찾을 수만 있다면 갖다주는 게 좋겠어.' 이렇게 중얼거리면서 앨리스는 아담한 오두막에 도착했다. 오두막의 대문에는 '흰 토끼'라고 새겨진 번쩍거리는 황동 문패가 걸려 있었다. 앨리스는 노크도 하지 않고 집에 들어가 급히 계단을 올라갔다. 혹시나 진짜 메리 앤을 만나서 부채와 장갑을 찾지도 못하고 집에서 쫓겨날까 봐 가슴이 조마조마했다.

'이게 무슨 꼴이림. 도끼 심부름을 다 하게 되다니. 이러다가 나중에 다이나의 심부름을 하게 될지도 몰라!' 앨리스는 앞으로 일어날 일을 상상하기 시작했다. "앨리스 양! 냉큼 이리 와서 산책 준비해!" "바로 준비해, 유모! 난 생쥐가 도망가지 못하게 지켜야 하니까." 앨리스는 상상의 나래를 더 펼쳐보았다. "고양이가 사람에게 이런 식으로 명령한다면 사람들은 절대로 다이나를 집에 들여놓지 않을 거야."

이런저런 생각을 하다가 앨리스는 잘 정리된 작은 방에 들어가게 되었다. 그 방은 창가에 탁자가 있었고 탁자 위에는 (바라던 대로) 부채 하나와 흰 가죽 장갑 두세 켤레가 있었다. 앨리스는 부채와 장갑 한 켤레를 집어 들고서 방을 나오려는데 거울 옆에 놓여진 작은 병이 눈에 띄었다. 이 병에는 '나를 마셔요'와 같은 단어가 적힌 라벨은 없음에도 불구하고 앨리스는 병뚜껑을 따서 마셨다. '뭔가 흥미진진한 일이 틀림없이 벌어지겠지' 하고 앨리스는 혼잣말을 했다. '뭔가를 먹거나 마실 때마다 그랬으니까, 이 병은 무슨 조화를 부릴지 그냥 기다려봐야지. 이번에는 몸이 다시 커졌으면 좋겠어. 이렇게 작은 몸으로 사는 게 정말 지긋지긋하단 말이야!'

실제로 몸이 커졌고 기대했던 것보다 더 빠르게 커졌다. 병에 든 것을 반도 마시지 않았는데 머리가 천장에 닿아서 목이 부러지지 않도록 몸을 구부려야 했다. 앨리스는 병을

얼른 내려놓고 혼잣말을 했다. '이 정도면 충분해. 더 이상 몸이 커지지 않았으면 좋겠어. 이 몸으로 문을 빠져나갈 수 없어. 이렇게 많이 마시는 게 아닌데!'

어떡해! 이미 엎질러진 물이었다! 앨리스의 몸은 계속 커져서 얼마 안 가서 바닥에 무릎을 꿇어야 했고 잠시 후에는 무릎을 꿇고 앉아 있을 공간도 남지 않아서 한쪽 팔꿈치를 문에 기대고 눕다시피 하게 되고 다른 팔 하나로 머리를 감쌌다. 여전히 몸이 커지고 있어서 최후의 수단으로 한 팔은 창 밖으로 내밀고 한쪽 발은 굴뚝으로 밀어넣으며 혼잣말을 했다. '이제는 무슨 일이 벌어지더라도 나는 옴짝달싹 못

해. 이제 나는 어떻게 되는 걸까?'

다행스럽게도 작은 마술 병이 이제 효력을 다했는지 몸이 더 이상 커지지 않았다. 하지만 여전히 불편해서 죽을 지경이었고 이 방에서 다시 빠져나갈 기회가 없을 것 같았다. 이 상황에서 앨리스는 절망적인 느낌에 빠질 수밖에 없었다.

'집에 있을 때가 훨씬 즐거웠는데'라고 불쌍한 앨리스는 생각했다. "집에 있을 때는 몸이 커졌다 줄었다 하지도 않았고 고양이와 토끼의 심부름을 다니지도 않았어. 토끼 굴에 들어가는 게 아닌데 하고 후회막심이긴 하지만 말이야. 거기 들어가면 어떤 삶이 펼쳐질지 궁금한데 어떡해. 나한테 어떤 일이 벌어질 수 있는지 정말 궁금했어! 동화책을 읽을 때 그런 동화 속의 일들은 결코 일어날 수 없는 일이라고 상상했는데 지금 여기서 나는 동화 속에 들어와 있어. 내가 겪은 이야기를 쓴 책이 나와야 해. 꼭 있어야 해. 내가 크면 이런 동화책을 쓸 거야. 그런데 지금 다 커버렸어. 적어도 여기에서는 더 이상 클 수 있는 공간이 없어." 앨리스는 서글픈 목소리로 말했다.

'그렇다면 나는 지금부터 더 이상 나이를 먹지 않게 될까? 할머니가 되지 않는다면 어느 면에서는 위안이 되겠지

만 공부는 항상 해야겠지! 오, 공부하는 건 싫어!'

'오, 불쌍한 앨리스!' 앨리스는 자문자답했다. '여기서 어떻게 공부를 하겠어? 여기는 너를 담을 공간도 부족하고, 어떤 교과서든지 펼쳐놓을 공간이 전혀 없어.'

앨리스는 먼저 묻는 역할을 하고 다음에 대답하는 역할을 번갈아 가면서 대화를 한참 이어갔지만 몇 분 지나서 밖에서 나는 목소리를 듣고서 혼잣말을 멈추고 귀를 기울였다.

"메리 앤! 메리 앤! 당장 내 장갑을 갖다 줘." 토끼의 목소리가 들렸다. 그리고 계단에 톡탁거리는 소리가 났다. 앨리스는 토끼가 그녀를 찾으러 온 것을 알고는 부들부들 떠는 바람에 집이 흔들릴 지경이었다. 앨리스는 이제 토끼보다 천 배는 더 크기 때문에 더 이상 두려워할 이유가 없다는 사실을 망각하고 있었다.

이윽고 토끼가 문 앞에 도착해 문을 열려고 했다. 문은 안쪽으로 열리게 되어 있고 앨리스의 팔꿈치가 문을 꽉 막고 있기 때문에 문은 열리지 않았다. 앨리스는 이렇게 말하는 소리를 들었다. "앞문이 안 열리면 돌아서 창문으로 들이기야지."

앨리스는 '창문으로 들어오면 안 돼'라고 생각하고 잠깐

기다렸다가 토끼가 창문 아래 막 도착하는 소리가 났다고
생각하는 순간 갑자기 손을 확 펼쳤다가 확 낚아챘다. 아무
것도 손에 잡히는 것은 없었지만 날카로운 비명소리와 깨
진 잔이 쿵 떨어지는 소리가 들렸다. 이 소리를 듣고 앨리스
는 유리잔이 오이 지지대나 그런 종류의 지주망에 떨어진

것은 아닐까 짐작했다.

이어서 화난 목소리가 들렸다. 토끼의 목소리였다. "패트! 패트야! 지금 어디 있니?" 지금까지 들어본 적이 없는 목소리가 들렸다. "여기 있습니다! 사과 캐고 있습니다(digging), 주인님!"

"사과를 캔다고? 실화야?" 토끼는 화를 냈다. "여기! 이리 와서 나 좀 여기서 꺼내줘!"(깨진 유리 소리가 더 났다.)

"사실대로 말해, 패트, 창문 안에 있는 게 뭐니?"

"분명히 팔입니다, 주인님!"(패트는 '파알'이라고 발음했다.)

"팔 하나라고, 이 바보 멍청아! 이렇게 큰 팔을 본 사람은 아무도 없을 거야? 어떻게 팔 하나로 창문이 꽉 차겠어!"

"분명히, 맞습니다, 주인님! 창문을 꽉 채운 건 팔 하나예요."

"어찌 되었든지 간에 팔이 저기 있으면 안 되지. 가서 치워!"

그러고 나서 한참 침묵이 흐르더니 간간이 소근대는 소리가 들렸다. "이런 일은 하고 싶지 않아요, 주인님. 정말 하기 싫어요." "시키는 대로 해, 이 겁쟁이야!" 앨리스는 손을 다시 활짝 폈다가 다시 움켜 잡았다. 이번에는 작은 비명 소리가 두 번 나고 깨진 유리잔 소리가 더 요란했다. '오이 지지대가 몇 개 있을 거야!'라고 앨리스는 생각했다. '저 둘이서 다음에 뭘 할지 궁금하네! 나를 창문에서 끌어낼 작정이라면 제발 나를 끌어낼 수 있었으면 좋겠어. 정말로 여기서 일초도 더 머물고 싶지 않아.'

앨리스가 한참 기다려도 아무 소리도 들리지 않았다. 그러다가 우르릉거리는 작은 바퀴 돌아가는 소리와 여럿이 왁자지껄 떠드는 소리가 났다. 이런 말이 들려왔다.

"다른 사다리는 어디 있어?"

"음, 내가 하나밖에 안 갖고 오고 빌이 다른 사다리 갖고 있는데."

"빌, 이리로 갖고 와, 임마!"

"여기 이 구석에 세워."

"아니야, 먼저 연결해. 사다리 하나로 반도 안 닿아."

"이 정도면 지붕에 닿겠네. 딱 맞지 않아도 돼."

"빌, 여기 밧줄 잡아."

"지붕은 안 무너질까. 너덜거리는 슬레이트 조심해."

"오, 슬레이트 떨어진다! 머리 조심해!(쿵 떨어지는 소리가 났다.)"

"이거 누가 떨어뜨린 거야?"

"빌이 그런 것 같아."

"누가 굴뚝으로 내려갈 거야?"

"난 싫어. 네가 내려가."

"나도 싫어. 빌이 내려가야지 뭐."

"빌, 십장이 너 보고 굴뚝으로 내려가라고 그러는데."

'오, 그럼 빌이 굴뚝으로 내려오는 건가?' 앨리스는 혼잣말을 했다. '부끄러운 줄 알아야지. 모두가 빌한테만 시키네. 난 억만금을 줘도 빌의 입장이 되고 싶지는 않아. 누가봐도 이 벽난로는 좁긴 하지만 발길질 한번은 해볼 수 있지 않겠어?'

앨리스가 최대한 굴뚝 바닥으로 발을 오므리고 기다리다 보니 작은 동물 한 마리(어떤 동물인지는 짐작할 수 없었다)가 굴뚝 속을 사각거리며 기어 내려와 발 근처까지 왔다. 앨리스는 '이건 빌이야' 하고 혼잣말을 했다. 발길질을 한번 쿡 차고는 무슨 일이 일어날지 기다렸다.

"빌이 날아간다" 하고 여럿이 웅성거리는 소리가 먼저 나고 "빌 붙잡아, 울타리 옆의 너희들" 하는 토끼의 목소리가 난 뒤 조용하다가 다시 누구 목소리인지 모를 소리로 왁자지껄했다.

"머리를 붙잡아."

"이제 브랜디를 줘. 목이 메이지 않게 해."

"맛이 어때, 친구? 무슨 일이 있었던 거야? 자세히 이야기해봐!"

마지막으로 가냘프게 찍찍거리는 소리가 났다.(이건 빌의 목소리일 거라고 앨리스는 생각했다.) "나도 뭐가 뭔지 모르겠어. 그만 마실래. 이제 좀 살 것 같아. 지금은 정신이 없어서 무슨 일이 있었는지 설명을 못 하겠어. 상자를 열면 용수철로 튀어오르는 인형처럼 무슨 힘을 받아서 하늘로 솟구쳐 올랐다는 것밖에 기억이 안 나."

"네 말처럼 정말 튀어 올랐어." 다들 이구동성으로 말했다.

"이 집을 태워버려야 해." 토끼의 목소리가 났다. 앨리스는 목청껏 소리를 질렀다. "집에 불을 지르기만 해봐, 다이나 시켜서 널 잡아먹으라고 할 거야."

그 말과 함께 쥐 죽은 듯 조용해지자 앨리스는 속으로 이런 생각을 했다. '이 놈들이 다음에 뭘 할까? 일머리가 조금이라도 돌아간다면 지붕을 벗기겠지.' 일이 분쯤 지나자 이들은 다시 부산해지더니 토끼가 이렇게 말했다. "우선은 손수레 한 대분이면 해결되겠지."

'무슨 한 대라는 거야?'라고 앨리스는 생각했지만 그리 오래 궁금해 할 것도 없이 막바로 조약돌이 창문을 비 오듯

때리기 시작하면서 앨리스의 얼굴을 맞히기도 했다. '이런 짓은 당장 멈추도록 해야겠다'고 앨리스는 생각하고 고함을 벼락처럼 질렀다. "이런 짓은 다시는 하지 않는 게 좋을 거야." 그러자 또 다시 쥐 죽은 듯이 조용해졌다.

앨리스는 조약돌이 바닥에 떨어지면서 작은 케이크로 바뀌는 놀라운 광경을 목격하고 멋진 생각이 떠올랐다. '이 케이크 하나를 먹으면 틀림없이 몸에 어떤 변화가 생길 거야. 더 이상 몸이 커질 수는 없으니까 몸을 작게 만들지 않겠어?' 앨리스는 이렇게 생각했다.

그래서 케이크 하나를 꿀떡 삼키자 기쁘기 그지없게도 즉시 몸이 줄어들기 시작했다. 몸이 문을 빠져나올 수 있을 정도로 줄어들자 말자 앨리스는 집을 뛰쳐나와서 바깥에서 기다리고 있던 동물과 새 무리를 보았다. 불쌍한 새끼 도마뱀 빌은 병으로 뭔가를 먹이고 있던 두 마리의 기니피그한테 잡혀 있었다. 앨리스가 나타나자마자 이들 무리는 앨리스를 와락 덮쳤다. 앨리스는 걸음아 나 살려라 하고 도망쳐서 얼마 후 울창한 숲 속에 안전하게 몸을 숨겼다.

'최우선적으로 해야 할 일은 원래 내 몸 크기로 돌아가는 거야. 그다음에 해야 할 일은 멋진 정원으로 돌아가는 길을 찾는 거야. 이게 최선의 계획이라고 생각해.' 앨리스는 숲

속을 돌아다니면서 속으로 이렇게 생각했다.

아주 단순 명확하게 정리한 멋진 계획임에는 틀림없었지만 어디서부터 시작하면 되는지 아무 생각이 안 떠오른다는 것이 문제였다. 나무 사이로 초조하게 주변을 살피다가 머리 바로 위에 날카로운 개 짖는 소리가 나서 급히 고개를 들고 쳐다보게 되었다.

덩치가 산만한 강아지가 둥그런 눈으로 앨리스를 내려다보면서 앞발을 부들부들 떨면서 내밀어 앨리스를 건드리려고 애썼다. '불쌍한 녀석'이라고 앨리스는 어르듯이 말하면서 휘파람을 불려고 애를 썼지만 개가 배고프면 아무리 자기가 달래려고 해도 자기를 먹으려고 덤빌 가능성이 아주 높다는 생각에 겁을 잔뜩 먹게 되었다.

자기도 모르게 앨리스는 작은 막대기를 하나 집어 들고 강아지한테 내밀자 강아지는 좋아서 왈왈 짖으며 훌쩍 뛰어올라 막대기를 물려고 달려들었다. 앨리스는 우려하던 일이 벌어졌다고 생각했다. 앨리스는 강아지가 덮치지 못하도록 큰 엉컹퀴 아래 몸을 숨기고 피했는데, 반대편으로 나오면 강아지가 다시 덮쳐서 막대기를 물려고 하다가 제 속도를 못 이기고 앞구르기 하나시피 했다. 앨리스는 이건 마차로 게임을 하는 것이나 다름없다고 생각하며 강아지

발 아래 언제든지 깔릴 수 있으니까 다시 엉컹퀴 뒤로 피하
곤 했다. 그러면 강아지는 다시 막대기를 물려고 덤비고 그
럴 때마다 몸이 앞으로 휙 쏠렸다가 다시 한참 되돌아오기
를 반복하는 내내 목이 쉬도록 왈왈 짖었다. 그러다가 마침
내 멀치감치 떨어져 앉아서 혀를 축 늘어뜨리고 왕방울만
한 눈을 반쯤 감은 채 헐떡거렸다.

　지금이 도망치기 딱 좋은 기회로 보여서 앨리스는 바로
도망치기 시작해 완전히 지치고 숨이 차고 강아지 짖는 소
리가 아주 멀리서 잘 안 들릴 때까지 달아났다. 앨리스는 미

나리아재비에 몸을 기대어 쉬면서 미나리아재비 잎을 하나 따서 부채질을 하면서 이렇게 중얼거렸다.

'그래도 참 귀여운 강아지였는데. 내가 키만 적당히 컸다면 강아지한테 공중제비돌기 재주를 가르치는 게 엄청 재미있었을 텐데 아쉽다. 어이쿠, 딴생각하느라 키가 다시 자라야 한다는 생각을 깜빡하고 있었네. 가만있어 보자, 어떻게 하면 키가 클 수 있을까? 뭔가를 먹거나 마셔야 할 것 같긴 한데 가장 중요한 문제는 무엇을 먹느냐에 달렸네.'

정말 가장 중요한 문제는 무엇을 먹느냐였다. 앨리스는 주변의 꽃과 풀잎을 찬찬히 둘러보았지만 이 상황에서 먹거나 마시기에 딱 맞아 보이는 것은 아무것도 보이지 않았다. 앨리스 주변에 큰 버섯이 자라고 있었는데 자기랑 키가 비슷했다. 버섯 아래, 양옆과 밑을 다 살펴보고 나서 버섯 위에는 무엇이 있는지 살펴봐야 할 것 같다는 생각이 들었다.

앨리스는 까치발로 서서 버섯 가장자리 위를 훔쳐보다가 큼지막한 애벌레와 눈이 딱 마주쳤다. 팔장을 끼고 버섯 지붕 위에 앉아서 긴 물담뱃대를 물고서 앨리스가 아니라 누가 잡아먹으려 와도 전혀 눈치를 채지 못할 정도였다.

애벌레의 충고

애벌레와 앨리스는 말없이 한참을 서로 쳐다보았다. 애벌레는 물담뱃대를 입에서 떼더니 나른하고 졸린 목소리로 앨리스에게 물었다.

"넌 누구냐?"

대화를 시작하기에 흥미로운 질문은 아니었다. 앨리스는 조금 껄끄러웠지만 이렇게 대답했다. "현재 시점에서는 제가 누구인지 잘 모르겠습니다. 오늘 아침에 일어났을 때 제가 누구였는지는 알긴 합니다만 그 이후로 여러 차례 바뀐 게 분명합니다."

　"그게 무슨 말이야? 알아듣게 말해봐." 애벌레는 단호하게 말했다.

　"저 자신도 납득할 수 없습니다. 보다시피 저는 저 자신이 아니니까요." 앨리스가 대답했다.

　"점점 모를 소리를 하네." 애벌레가 어이없어 했다.

　"더 이상 설명하기는 힘듭니다. 우선은 저도 뭐가 뭔지 모르겠습니다. 하루에도 몸이 커졌다 작아졌다 변신을 여러 번 하니 너무 혼란스럽습니다." 앨리스는 아주 공손하게 대답했다.

"혼란스럽지 않네." 애벌레가 반박했다.

"글쎄요, 아직 겪어보지 않아서겠죠. 언젠가 유충으로 변신한다는 것은 아시죠? 애벌레님도 유충으로 변신하고, 그다음에 나비로 변신하게 되면 조금 기이하다는 느낌이 들지 않겠습니까?" 앨리스가 설명했다.

"전혀." 애벌레가 반박했다.

"음, 느낌이야 서로 다를 수 있죠. 제가 알기로는 저한테 그 느낌이 아주 기이했답니다." 앨리스는 변명했다.

"너 말이야, 넌 누구야?" 애벌레는 무례하게 물었다.

이런 식으로 물으니 둘 사이의 대화는 다시 원점으로 돌아갔다. 앨리스는 애벌레가 이렇게 단답형의 질문을 하니 약간 짜증이 나서 아랫배에 기운을 모아 목소리를 쫙 깔고 말했다. "당신이 누구인지 나한테 먼저 밝히는 게 순서가 아닐까요?"

"왜지?" 애벌레가 되물었다.

이 질문도 대답하기 난처한 질문이었다. 앨리스는 마땅한 이유가 떠오르지 않았고 애벌레도 아주 기분이 좋지 않은 상태인 것 같아서 앨리스는 그 자리를 떴다.

"원위치! 너에게 해줄 중요한 말이 있어." 애벌레가 앨리스를 불러 세웠다.

뭔가 솔깃한 이야기가 있을 것 같았다. 앨리스는 되돌아왔다.

"성질 죽여." 애벌레가 충고했다.

"할 말이란 게 이게 전부인가요?" 앨리스는 최대한 화를 억누르면서 물었다.

"더 있네." 애벌레가 뜸을 들였다.

앨리스는 기다리는 게 나을 것 같았다. 달리 할 일이 있는 것도 아니니까 결국에는 뭔가 들을 만한 가치 있는 이야기를 해줄 수 있을 거라고 기대했다. 애벌레는 몇 분 동안 아무 말없이 연기를 내뿜더니 마침내 팔을 펴면서 물담배를 입에서 떼더니 물었다. "자네는 몸이 바뀌었다고 생각하는가?"

"그런 것 같습니다, 어르신. 전처럼 기억을 할 수 없고 하나의 몸 상태로 10분을 유지할 수 없었습니다."

"기억하지 못하는 것들은 어떤 게 있는가?" 애벌레가 물었다.

"'일벌레가 어떻게 지낼까'라고 말하려고 하는데 엉뚱한 말이 나왔이요"라고 앨리스는 아주 우울한 목소리로 대답했다.

"'아버지 윌리엄, 당신은 늙었어요'라는 시를 읊어봐."
애벌레가 말했다.
앨리스는 손깍지를 끼고서 읊기 시작했다.

"아버지 윌리엄, 당신은 늙었어요"라고
젊은이가 말했다.
당신의 머리는 완전 백발이 되었는데
여전히 계속 물구나무 서기를 하고 있는데
그 나이에 그러는 게 맞다고 생각하나요?'

"내가 젊었을 때
물구나무서기를 하면 머리를 다칠까봐 걱정했는데
이제는 남은 머리가 하나도 없는 게 확실하니까
걱정할 필요가 뭐 있어, 계속하는 거지."
아버지 윌리엄은 아들에게 대답했다.

"아버지는 늙으셨어요.
전에도 말씀 드렸듯이 아주 기이하게 살이 쪘지만
공중제비를 해서 집에 돌아오시잖아요.
그러시는 이유가 도대체 뭔가요?"

아들이 말했다.

"젊었을 때 팔다리가 아주 유연했지.

그게 다 이 연고를 사용한 덕분이야.

한 상자에 1실링인데

두어 상자 사두지 그래?"

희끗희끗한 레게 머리채를 절레절레 흔들며

현인이 말했다.

"아버지는 늙었어요. 턱이 너무 약해

소기름보다 더 딱딱한 것은 드시기 힘드시잖아요.

하지만 거위를 뼈와 부리까지 통째로 드시잖아요.

도대체 어떻게 다 드신 건가요?"

젊은이는 말했다.

"젊었을 때 사사건건 소송을 걸어서

마누라와 법정공방을 벌이다 보니

턱이 튼튼해져서

아직까지 못 씹는 게 없지."

아버지가 말했다.

"아버지는 늙었어요. 아버지의 시력이 전처럼

좋을 거라고 생각하는 사람은 없어요.

뱀장어를 코끝에 안 쓰러지게 세울 수 있다니

어떻게 그렇게 똑똑할 수가 있죠?"

젊은이가 말했다.

"세 개의 질문에 답했으면 되었지, 뭘 더해.

잘난 척하지 마!

내가 이런 시덥잖은 소리를 하루 종일 듣고

있을 거라고 생각하니?

꺼져, 안 가고 있으면 차서 계단 아래로 떨어뜨릴 거야."

아버지가 말했다.

"정확하게 암송한 거 아니야." 애벌레가 말했다.

"아주 정확하지는 않겠죠. 일부 단어가 바뀌긴 했어요."
앨리스가 소심하게 항변했다.

"처음부터 끝까지 틀렸어." 애벌레가 단호하게 반박하는
바람에 한동안 침묵이 흘렀다.

입을 먼저 연 것은 애벌레였다.

"키가 얼마 정도 되었으면 좋겠니?"라고 물었다.

"음, 키가 얼마면 좋은지는 생각해보지 않았어요. 아시다시피 이렇게 자주 크기가 바뀌는 것을 좋아하는 사람은 없죠." 앨리스는 재빨리 대답했다.

"나야 모르지." 애벌레가 말했다.

앨리스는 아무 말도 하지 않았다. 살면서 이렇게 모순적인 상황에 처한 적은 없었다. 앨리스는 화가 치밀어 오르는 게 느껴졌다.

"지금 키가 만족스럽니?" 애벌레가 물었다.

"글쎄요, 괜찮으시다면 전 지금 키보다는 좀 더 컸으면 좋겠어요. 8센티 키로 사는 것은 너무 비참해요." 앨리스는 대답했다.

"실제로 키가 8센티면 딱 좋아." 애벌레는 버럭 화를 내며 말하면서 뒷발을 들고 똑바로 섰다. (애벌레의 키는 정확히 8센티였다.)

"하지만 이 키로 사는 게 익숙하지 않아요." 불쌍한 앨리스는 애처롭게 변명했다. 앨리스는 '이 벌레가 잘 삐치는 벌레가 아니었으면 좋겠어'라고 속으로 생각했다.

"그 키로 살다보면 익숙해질 거야." 애벌레는 이렇게 말하면서 물담배를 입에 물고 다시 한 모금 피우기 시작했다.

이번에도 앨리스는 애벌레가 다시 이야기를 시작할 때까지 묵묵히 기다렸다. 일이 분 후에 애벌레는 물담뱃대를 입에서 떼어내고 하품을 한두 번 하고 몸을 떨었다. 그러고 나서 버섯에서 내려와 풀밭으로 기어가면서 이런 말을 툭 던졌다. "한쪽을 먹으면 키가 커질 것이고 반대쪽을 먹으면 키가 작아질 거야."

'무엇의 한쪽이지? 무엇의 반대쪽일까?' 앨리스는 속으로 궁금해했다.

"버섯이야." 마치 앨리스가 소리를 내어서 질문한 것처럼 애벌레가 대답해주고 순식간에 시야에서 사라졌다.

앨리스는 우두커니 남아서 버섯을 1분 동안 골똘히 쳐다보면서 버섯의 어느 쪽이 한쪽이고 다른 쪽은 어디인지 파악하려고 애를 썼지만 버섯이 완벽하게 둥글게 생겨서 이 질문은 아주 어려운 질문이라는 것을 알아차렸다. 하지만 마침내 앨리스는 버섯을 안고서 팔을 최대한 멀리 뻗쳐서 양손에 잡히는 버섯의 가장자리를 조금씩 뜯어냈다.

"이제 어느 쪽이 이쪽이지?"라고 앨리스는 생각하면서 오른손에 뜯은 버섯은 어떤 효과가 있는지 알아보려고 한 입 먹었더니 즉시 턱이 아래로 쿵 떨어지는 것을 느꼈다. 턱이 발에 탁 부딪친 것이였다.

앨리스는 급작스럽게 키가 줄어드는 바람에 기겁을 했지만 우물쭈물할 시간이 없었다. 키가 너무 급격히 줄어들고 있어서 버섯의 다른 쪽을 떼어서 먹으려고 즉시 시도해 보았다. 하지만 턱이 발에 꽉 끼이도록 눌려 있어서 입을 벌릴 틈이 없었다. 앨리스는 온갖 애를 다 써서 겨우 왼손의 버섯을 한 입 삼키는 데 성공했다.

"됐어, 마침내 머리가 빠져나왔어!" 앨리스는 기뻐서 소리쳤다가 이내 경악해서 비명을 질렀다. 어깨가 어디 있는지 보이지 않았기 때문이었다. 아래를 내려다보았더니 보이는 것이라고는 기다란 목뿐이었다. 목이 눈 아래 펼쳐진 푸른 잎의 바다에서 우뚝 솟은 줄기처럼 보였다.

"저 푸른 것들은 뭘까? 내 어깨는 어디 간 거야? 오, 나의 불쌍한 손아, 어떻게 내 눈에 보이지도 않는 거야?" 앨리스는 이런 말을 하면서 손을 움직여 보았지만 멀리 떨어진 푸른 잎들이 약간 흔들리기만 할 뿐 손은 보이지 않았다.

손을 머리 위로 들어올릴 수 있는 가능성은 전혀 없는 것 같았다. 그래서 머리를 손이 있는 곳으로 숙이려고 시도하다가 뜻밖에도 목이 뱀처럼 사방 어느 방향으로나 쉽게 구부릴 수 있다는 사실을 알게 되었다. 앨리스는 우아하게 지

그재그 모양으로 목을 숙여서 내려가는 데 성공해 잎 사이로 헤집고 들어갔다. 그 잎들은 앨리스가 헤매고 다녔던 나무들의 잎이라는 것을 알게 되었다. 그때 '쉿' 하는 날카로운 비명 소리가 들려 잽싸게 목을 뺐더니 큰 비둘기 한 마리가 앨리스의 얼굴을 덮치면서 날개로 앨리스를 사납게 때렸다.

"뱀이다!" 비둘기가 비명을 질렀다.

"난 뱀이 아니란 말이에요. 날 괴롭히지 마세요!" 앨리스는 단호하게 말했다.

"누가 봐도 뱀이 맞아!" 비둘기가 재차 확인했지만 이번에는 좀 더 부드럽게 약간 울먹이면서 말을 이었다. "뱀을 피하려고 안 해본 짓이 없지만 아무런 소용이 없었어."

"무슨 말씀을 하시려는 것인지 도무지 알 수가 없네요." 앨리스가 말했다.

"나무 꼭대기에도 해봤고, 둑에도 해보고 울타리에도 해봤지만 이놈의 뱀은 어김없이 나타나. 뱀을 피할 방법이 없어." 비둘기는 앨리스에게는 신경도 쓰지 않으면서 이렇게 말을 이었다.

앨리스는 무슨 말을 하려는 것인지 더 헷갈렸지만 비둘기가 말을 마칠 때까지 그 어떤 말을 해도 소용이 없겠구나

하고 생각했다.

"부화시키려고 알을 품고 있는 것만 해도 죽을 지경인데 뱀이 올까봐 밤낮으로 망까지 보느라 3주 동안 한숨도 못 잤어." 비둘기가 푸념했다.

"애를 쓰게 해서 정말 죄송합니다." 비둘기의 심정을 이해하기 시작한 앨리스는 비둘기를 위로했다.

"이제 막 이 숲에서 제일 높은 나무를 차지하고 마침내 뱀한테서 벗어났다고 안심하고 있었는데 하늘에서 꿈틀거리며 내려오다니! 오 끔찍해, 뱀!" 비둘기는 거의 비명을 지르듯이 소리쳤다.

"하지만 전 뱀이 아니랍니다, 정말이에요. 전 어…, 전 어…"

"그럼, 넌 뭐야? 뻔한 수작 부리지 마." 비둘기가 반박했다.

"전… 저는 어린 소녀예요." 믿거나 말거나 앨리스는 이렇게 대답했다. 그날 너무 여러 번 변해서 누가 믿겠나 싶었다.

"깜빡 속겠다." 비둘기는 아주 어이가 없다는 투로 말했나. "시금까시 살아오면서 소녀들을 수없이 보았지만 이렇게 목이 긴 소녀는 단 한 명도 못 봤어. 소녀라니 어림 반푼

어치도 없지. 넌 뱀이야, 아니라고 해도 소용없어. 이번에는 알은 먹은 적이 없다는 거짓말을 늘어놓을 참이니?"

"분명히 말하지만 알은 먹은 적이 있어요. 하지만 소녀도 뱀 못지않게 알을 먹는다는 것은 아시죠." 거짓말을 못 하는 아이인 앨리스는 말했다.

"그런 말은 안 믿지만 소녀들도 알을 먹는다면 소녀도 뱀의 일종이라고 봐야 하지 않겠니? 더 이상 할 말은 없어." 비둘기가 말했다.

앨리스는 이런 것은 생각해본 적이 없는 말이어서 일이 분 동안 멍하니 있게 되었다. 이 틈을 타서 비둘기는 말을 이었다. "넌 알을 찾고 있었고 너의 속셈은 뻔하니까 네가 소녀이든 뱀이든 나한테 무슨 상관이 있겠니?"

"그건 나한테 아주 중요해요." 앨리스는 비둘기의 입을 막았다. "지금 상황에서는 저는 알을 찾고 있지 않았어요. 알을 찾는다고 해도 당신의 알은 원하지 않아요. 전 날달걀은 좋아하지 않거든요."

"그래, 그럼 꺼져!" 비둘기는 퉁명스럽게 말하고 다시 보금자리에 자리를 잡고 앉았다. 앨리스는 최대한 나무 사이에 웅크리고 앉았다. 목이 나뭇가지에 계속 엉키는 바람에 가끔 움직임을 멈추고 목을 나뭇가지에서 풀어내야 했기 때문이었다. 그러다 앨리스는 문득 손에 버섯 뭉치가 들려 있다는 것을 생각해내고 아주 조심스럽게 먹기 시작했다. 먼저 한쪽을 한입 베어 먹고 그다음에는 다른 쪽을 먹으면서 키를 조금 키웠다가 줄여 보았다. 그럭저럭 앨리스는 평상시 키를 되찾게 되었다.

참으로 오랜만에 자신의 원래 키와 비슷한 키를 되찾게 되어서 처음에는 아주 낯설게 느껴졌지만 금방 익숙해지면서 전처럼 혼잣말을 하기 시작했다. '됐어, 이제 내 계획의 반을 이루어졌어. 너무 자주 변하니까 정신이 하나도 없네. 시시각각 내가 무엇이 될지 전혀 모르겠어. 하지만 이제 내 키를 찾았으니 아름다운 정원으로 어떻게는 들어가야 돼. 그런데 어떻게 들어갈 수 있을까?' 앨리스는 이 말을 하면서 갑자기 열린 공간으로 나가게 되었는데 그곳에는 1미터 20센티 높이의 작은 집이 하나 있었다. '이 집에 누가 살든 간에 이 키로 그들과 만나면 안 돼. 날 보면 그들은 놀라서 쓰러질테니까.' 앨리스는 이런 생각을 했다. 그래서 앨리스는 오른손에 든 버섯을 조금 뜯어서 먹기 시작해서 키를 23센티 정도로 맞춘 다음에 그 집 근처로 다가갔다.

돼지와 후추

일이 분 정도 앨리스는 그 자리에 서서 집을 바라보며 이제 무엇을 해야 할지 고민하고 있었다. 그때 갑자기 하인 복장의 한 명이 숲에서 뛰쳐나와 주먹으로 문을 쾅쾅 두드렸다. (하인 복장을 입고 있어서 그를 하인이라고 판단하기는 했지만 얼굴만 보고 판단하라고 하면 물고기라고 불렀을 것 같은 생김새였다.) 하인 복장을 한 다른 한 명이 문을 열어주었는데 그 하인은 동그란 얼굴에 개구리처럼 왕눈이었다. 두 하인은 모두 풍성하게 난 곱슬머리에 파우더를 뿌렸다. 앨리스는 이 집에 무슨 일이 벌어지고 있는지 너무 궁금해서 숲에서

조금 기어 나와 귀를 기울였다.

물고기처럼 생긴 하인은 옆구리에 끼고 있던 자기 몸뚱
이만큼 큼지막한 봉투를 꺼내더니 다른 하인에게 건네면
서 짐짓 엄숙한 목소리로 전했다. "여왕께서 공작 부인에게
크로케 경기를 하자고 보낸 초대장입니다." 개구리처럼 생

긴 하인은 똑같이 엄숙한 목소리로 말의 순서만 조금 바꾸어서 따라서 말했다. "여왕께서 공작부인을 크로케 경기에 초대하는 초대장입니다."

두 하인은 허리를 푹 숙여서 절하느라 곱슬머리가 서로 엉기게 되었다.

이를 보고 앨리스가 깔깔거리는 바람에 그녀는 이들이 자기 웃음소리를 들었을까 봐 겁이 나서 숲속으로 다시 도망쳐야 했다. 앨리스가 다시 망을 보러 나왔을 때 물고기 닮은 하인은 자리를 뜨고 없고 다른 하인은 문 근처 바닥에 앉아서 멍하니 하늘을 쳐다보고 있었다.

앨리스는 조심스럽게 문 앞으로 다가가서 똑똑똑 문을 두드렸다.

"문을 두드려봐야 아무 소용없어." 하인이 말했다. "두 가지 이유가 있는데, 첫째로 내가 너와 같이 바깥에 있기 때문이고, 둘째로 안에서 떠들썩하기 때문에 아무도 네가 문을 두드리는 소리를 듣지 못하기 때문이야." 정말 집 안에서는 거의 전쟁이 난 것 같았다. 끊임없이 고함치는 소리와 재치기 소리에다가 간간이 접시나 냄비가 산산조각이 나는 것처럼 쨍그랑거리는 소리가 났다.

"그렇다면 제가 어떻게 하면 집 안으로 들어갈 수 있는지 좀 알려주세요." 앨리스가 이렇게 부탁했다.

"우리 사이에 문이 있을 때 네가 노크하면 이런 의미가 있을 수 있지." 하인은 앨리스의 질문과는 무관한 이야기를 계속 했다. "예를 들어 네가 안에서 노크를 하면 내가 너를 집 밖으로 내보내 줄 수 있잖아." 이 물고기 닮은 하인은 말하는 내내 하늘을 쳐다보고 있었다. 이런 행동은 앨리스가 보기에는 정말 예의 없는 짓이었다. 앨리스는 이런 생각을 했다. '하지만 이 하인이 그러고 싶어서 그러는 것은 아닐 거야.' 눈이 거의 정수리에 달려 있으니 어쩔 도리가 없어. 하지만 어쨌든 이 하인이 내 질문에는 대답하겠지. "집 안에 어떻게 들어갈 수 있나요?"

"난 여기 앉아 있을 거야, 내일까지…" 하인이 대답했다.

바로 그 순간 집의 문이 열리고 큰 접시가 하인의 머리로 곧장 날아와서 코를 딱 베어 내고 뒷편 나무 한 그루에 부딪쳐 깨졌다.

"…아니면 다음날까지나." 하인은 아무 일도 없었던 것처럼 음색 하나 바꾸지 않고 말을 이었다.

"제가 어떻게 하면 들어갈 수 있을까요?" 앨리스는 목청을 높여서 재차 물었다.

"정말로 들어갈 생각이니? 이 질문부터 해야겠지." 하인이 말했다.

말이야 맞는 말이지만 앨리스 입장에서는 듣고 싶지 않은 질문이었다. "정말 지겨워, 왜 다들 이런 식으로 꼬치꼬치 따지는지, 사람 아주 돌아버리겠네." 앨리스는 혼자 투덜거렸다.

하인은 지금 이 순간이 자신의 질문을 조금씩 바꾸어서 반복할 수 있는 절호의 기회로 생각한 것 같았다. "난 여기 앉아 있을 거야, 근무 시간 따지지 않고 몇날 며칠 동안." 하인이 말했다. "그럼 전 어떻게 해야 할까요?" 앨리스가 물었다.

"좋으실 대로." 하인이 이렇게 대답하고는 휘파람을 불기 시작했다.

"오, 저 사람한테 이야기할 필요가 없군. 완전 바보천치야." 앨리스는 진저리를 치며 한마디 내뱉고는 문을 열고 집 안으로 들어갔다.

문을 열고 들어가니 바로 큰 부엌으로 연결되었다. 부엌 전체가 연기로 자욱했다. 공작부인은 가운데 있는 다리 세 개인 의자에 앉아서 아기를 보살피고 있었다. 요리사는 불판 앞에서 허리를 구부린 채 큰 솥 가득 끓고 있는 수프를 젓고 있었다.

　'수프에 후추를 너무 많이 넣은 게 분명해.' 앨리스는 혼잣말을 하면서 재채기를 할 뻔했다.

　확실히 방안 공기에 후추 냄새가 너무 많이 배어 있었다. 공작부인 자신도 가끔 재채기를 하고 아기는 쉬지 않고 재치기를 하다가 악을 쓰며 울었다. 부엌에서 재채기를 하지 않는 사람은 요리사와 난로 위에 앉아서 입이 귀에 걸리도록 싱긋 웃는 큰 고양이였다.

　"이 십 고양이는 왜 저렇게 웃는지 알려주시면 안 될까요?" 앨리스는 자기가 먼저 이야기를 꺼내는 것이 예의가 아닌 것 같아서 조금 조심스럽게 물었다.

"체셔 고양이야. 그렇게 웃어서 체셔 고양이라고 부른단다. 돼지!" 공작부인이 설명해줬다.

공작부인이 마지막 단어를 발작적으로 내뱉어서 앨리스는 경기를 일으킬 뻔했다. 하지만 그녀는 이내 그 말은 자기한테 한 게 아니라 애기한테 한 말이라는 것을 알아채고 용기를 내어서 다시 대화를 이어갔다. ―

"체셔 고양이가 항상 히죽히죽 웃는다는 것을 몰랐네요. 실은 고양이가 히죽거릴 수 있다는 사실을 몰랐어요."

"그 고양이들은 모두 웃을 수 있고 대부분은 웃고 있지." 공작부인은 말했다.

"전 웃는 고양이에 대해서는 아는 게 아무것도 없어요." 앨리스는 아주 정중하게 대답하면서 대화에 끼어들 수 있어서 아주 흡족했다.

"너는 정말 아는 게 없구나. 아니라고 말 못 하겠지?" 공작부인이 말했다.

앨리스는 이 말을 하는 투가 전혀 마음에 들지 않아 대화의 주제를 바꾸었으면 좋겠다는 생각을 했다. 앨리스가 대화를 바꾸려고 하는 와중에 요리사가 수프 끓이던 솥을 화덕에서 내리고 막바로 손에 잡히는 것은 뭐든지 공작부인과 아기한테 집어 던지기 시작했다. 처음에 불집게가 날아오고 이어서 냄비, 그릇, 접시가 쏟아졌다. 공작부인은 몸에 맞는데도 날아오는 것을 알아채지도 못하고 아기도 이전부터 악다구니를 쓰고 있어서 날아오는 것을 맞아서 아픈지 괜찮은지도 분간할 수 없을 지경이었다.

"지금 무슨 일이 벌어지는지 신경 좀 쓰세요, 제발." 앨리스는 울부짖으면서 공포에 질려서 펄쩍펄쩍 뛰었다. "오, 소중한 코가 베일 판이에요." 아주 큰 냄비가 코를 스치면서 날아가 거의 코를 베일 뻔했다.

"각자 자기 일이나 신경 쓴다면 세상은 지금보다 더 빨리 돌아갈 텐데." 공작부인은 걸걸한 목소리로 말했다.

"그런다고 좋을 게 없어요." 앨리스는 이렇게 말하면서 자신의 어쭙잖은 지식을 뽐낼 기회라고 속으로 엄청 뿌듯했다. "지금보다 세상이 빨리 돌면 밤과 낮에 어떤 변화가 일어날지 그냥 한번 생각해보세요. 지구가 자전축(axis)을 중심으로 한 바퀴 도는 데 24시간이 걸린다는 것은 아시죠…."

"도끼(axes)라고 했냐? 저년의 목을 베어라!" 공작부인이 소리쳤다.

앨리스는 혹시나 요리사가 공작부인의 말을 실행할까

봐 걱정스러워서 요리사를 힐끗 살폈다. 하지만 요리사는 수프를 젓는 데 정신이 팔려서 옆에서 하는 말을 들을 겨를이 없는 것 같았다. 그래서 앨리스는 하던 이야기를 이어서 말했다. "24시간으로 알고 있는데 그럼 20시간이 될까? 내가…"

"오, 날 괴롭히지 마. 숫자는 아주 질색이야." 공작부인이 애원했다. 그러고 나서 공작부인은 아기를 다시 어르기 시작했는데 아기에게 그것도 자장가라고 노래를 부르면서 한 소절을 마칠 때마다 아기를 격하게 흔들었다.

남자 아이에게는 험악하게 말하고
재채기를 하면 때려라
아이는 재채기를 하는 것은 짜증나게 하려는 거야
재채기를 하면 사람들이 깜짝 놀란다는 것을 아니까

후렴
(후렴부에서는 요리사와 아기도 같이 부른다)
와우! 와우! 와우!

공작부인은 노래 2절을 부르는 동안 아기를 아주 거칠

게 아래위로 흔들며 계속 어른다. 불쌍한 어린 것은 크게 악
다구니를 써서 앨리스는 가사를 거의 알아들을 수가 없다.

내 아들에게 거칠게 말하지
재치기를 하면 두들겨 팬다네
아기가 기분이 좋아야 후추 맛을
제대로 즐길 수 있으니까

(후렴)
와우! 와우! 와우!

"여기! 원한다면 아기를 잠깐 봐주면 좋겠어!' 공작부인
은 앨리스에게 이렇게 말하면서 아기를 앨리스에게 넘겨
줬다. "나는 가서 여왕님과 크로케 경기를 할 준비를 해야
하거든" 공작부인은 이렇게 말하고는 서둘러 방을 나갔다.
요리사가 방을 나가는 공작부인에게 프라이팬을 집어 던
졌지만 아슬아슬하게 빗나갔다.

앨리스는 아기를 가까스로 잡았다. 기이하게 생긴 어린
생물체가 팔다리를 사방으로 뻗치고 있어서 '불가사리처
럼 생겼다'고 앨리스는 생각했다. 앨리스가 아기를 붙잡았

을 때 불쌍한 어린 것은 증기기관처럼 씩씩거리면서 잠시도 쉬지 않고 몸을 바둥거리는 바람에 처음 일이 분 동안은 아기를 붙잡고 있는 수밖에 달리 어찌해볼 수가 없었다.

앨리스는 아기를 잘 안는 방법을 알아내자마자(몸을 비틀어 매듭 모양처럼 만들어서 오른쪽 귀와 왼쪽 다리를 꽉 붙잡아서 몸부림치지 못하게 잡는다) 아기를 안고 밖으로 나갔다. '내가 이 아이를 데리고 가지 않는다면 저놈들이 하루이틀 내에 이 애를 죽일 거야. 여기 놔두고 가는 것은 살인방조죄야.' 앨리스는 이런 생각을 했다. 앨리스가 마지막 단어를 크게 말하자 어린 것이 대답 삼아 꿀꿀거렸다(이쯤에서 재채기도 멈춘 것 같았다). "꿀꿀거리지 마라. 이건 사람의 입에서 나올 소리는 전혀 아니란다." 앨리스가 말했다.

아기가 다시 꿀꿀거리자 앨리스는 아기의 얼굴을 쳐다보면서 어쩌다 이렇게 생겼는지 참 안타까운 마음이 들었다. 누가 봐도 완전 들창코여서 사람의 코보다는 돼지코에 가까웠다. 눈도 아기 눈 치고는 구멍만 겨우 뚫어놓은 수준이어서 전체적으로 보면 이것의 생김새는 앨리스의 눈에 차지 않았다. '울기만 해서 이렇게 보일 수가 있어'라고 앨리스는 생각하면서 아기 눈을 찬찬히 살피면서 눈물이 고여 있는지 확인했다.

그런데 눈물은 보이지 않았다. "아가야, 네가 만약 돼지로 변신한다면 너를 더 이상 돌볼 수 없단다. 너랑 더 이상 함께 있지 못할 거야, 내 말 명심해." 앨리스는 진지하게 말했다. 불쌍한 어린 것이 다시 훌쩍거리기 시작했다. (꿀꿀거린 것인지 구별하는 것은 부질없는 짓이었다.) 둘은 한동안 아무 말 없이 걸어갔다.

앨리스는 혼자 생각하기 시작했다. '가만 있어 보자, 애를 집에 데려다 주면 이 녀석이랑 뭘 해야 될까?' 이놈이 다시 꿀꿀거리기 시작했는데 너무 우악스럽게 울어서 앨리스는 적잖이 놀라 그 녀석의 얼굴을 찬찬히 내려다보았다. 이번에는 잘못 알아볼 수가 없었다. 영락없는 돼지였다. 돼지를 계속 안고 다닌다면 정말 바보 같은 짓이라고 느꼈다.

그래서 앨리스는 이 작은 것을 땅에 내려놓자 숲 속으로 조르르 뛰어서 사라지는 것을 바라보며 안도감이 확 들었다. '저 아기가 자라면 엄청 못 생긴 아이가 되겠지만 돼지로서는 잘 생긴 돼지가 되겠어.' 앨리스는 혼자 이런 생각을 했다. 앨리스는 자기 친구 중에 차라리 돼지가 되면 잘 어울릴 것 같은 아이들을 생각하기 시작하다가 '누가 걔들을 돼지로 바꿀 수 있는 비법을 알고만 있다면 좋겠다'고 혼잣말을 했다. 그때 그녀는 몇 미터 떨어진 나무 가지 위에 있는 체셔 고양이를 보고 놀라서 움찔했다.

고양이는 앨리스를 보고 찡긋 웃기만 했다. 사나워 보이지는 않는다고 앨리스는 생각했다. 하지만 체셔 고양이는 발톱이 아주 길고 큰 이빨도 많아서 조심스럽게 대해야겠다고 느꼈다.

"체셔 고양이님"이라고 앨리스는 조금 소심하게 이름을 불렀다. 이렇게 이름을 부르면 맘에 들어할지 전혀 알 수 없었기 때문이었다. 하지만 고양이는 조금 더 입을 벌려 히죽거리기만 했다. '그럼, 아직까지는 기분 상하게 한 것은 아니네.' 앨리스는 이렇게 생각하고 말을 이었다. "여기서 어디로 가야 할지 제발 좀 알려주시면 고맙겠습니다."

"그거야 어디로 가고 싶은지에 따라 완전히 달라지지." 고양이가 대답했다.

"전 어디로 가는지는 별로 신경쓰지 않아요…" 앨리스가 말했다.

"그렇다면 어디로 가든 상관없지." 고양이가 말했다.

"…어디론가 갈 수만 있다면." 앨리스가 부연 설명을 했다.

"오, 오랫동안 걷기만 한다면 어디든 가게 되어 있어." 고양이가 말했다.

앨리스는 이 말은 반박할 수 없다고 느끼고 또다른 질문을 시도했다. "여기 사는 사람들은 어떤 사람들인가요?"

고양이는 오른발을 둥글게 흔들며 "이 방향에는 모자 징수가 살고" 다른 발을 흔들며 "저 방향으로는 3월 토끼가 살

지. 둘 다 미쳤어, 어디로 가든 상관 없으니까 네 맘대로 가.”

　“전 미친 사람들 있는 데로 가고 싶진 않아요.” 앨리스가
발언했다.

"오, 그건 어쩔 수 없어. 여기 사람들은 다 미쳤어. 나도 미쳤고 너도 미쳤으니까." 고양이가 말했다.

"제가 미쳤다는 건 어떻게 아셨어요?" 앨리스가 물었다.

"넌 미친 게 틀림없어. 안 미쳤으면 여기 오지 않았겠지." 고양이가 말했다.

앨리스는 그 말이 증거가 된다고 생각하진 않았지만 계속 질문했다. "그럼 당신이 미쳤다는 것은 어떻게 아셨어요?"

"먼저, 개는 미치지 않았어. 그건 보증하지?" 고양이가 말했다.

"그런 것 같습니다." 앨리스가 대답했다.

"그럼 보자구. 개는 화가 나면 으르렁거리고 기분이 좋으면 꼬리를 흔들어. 이제 나는 기분 좋으면 으르렁거리고, 화가 나면 꼬리를 흔들어. 따라서 나는 미쳤어." 고양이가 이야기를 이었다.

"저는 그걸 으르렁거리는 게 아니라 가르랑거린다고 표현합니다." 앨리스가 말했다.

"네 맘대로 불러. 오늘 여왕과 크로케 경기를 할 거니?" 고양이가 물었다.

"저도 정말 경기하고 싶지만 전 아직 초대받지 못했어

요." 앨리스가 대답했다.

"거기서 보자구." 고양이는 이런 말을 남기고 사라졌다.

앨리스는 이런 일에 많이 놀라지 않았다. 자주 벌어지는 이상한 일에 많이 적응되었기 때문이었다. 지금까지 고양이가 있었던 자리를 바라보고 있는데 고양이가 갑자기 다시 나타났다.

"다시 또 보네. 아기는 어떻게 되었니? 물어본다는 걸 깜빡했지 뭐야." 고양이가 물었다.

"아기가 돼지로 바뀌었어요." 앨리스는 일어날 일이 일어난 것처럼 담담하게 말했다.

"그럴 줄 알았어." 고양이는 이렇게 말하고 다시 사라졌다.

앨리스는 고양이가 다시 나타나지 않을까 일말의 기대감을 갖고 잠시 기다렸지만 고양이는 다시 나타나지 않았다. 일이 분쯤 기다리다가 3월 토끼가 살고 있다는 방향으로 걸었다. '모자 장수는 전에 본 적이 있으니까 3월 토끼는 훨씬 더 재미있을 것 같아. 지금은 5월이니까 3월 토끼는 그렇게 미쳐 날뛰지 않을 거야. 적어도 3월에만큼 그렇게 미치지는 않을 거야.' 앨리스는 이렇게 혼잣말을 하면서 고개를 들어 쳐다보았더니 다시 고양이가 나뭇가지에 앉아 있었다.

"아까 돼지(pig)라고 했니, 돼지(fig, 무화과이지만 영어의 언어유희를 살려 돼지로 번역)라고 했니?" 고양이가 물었다.

"돼지라고 했죠. 이렇게 계속 갑자기 나타났다가 사라지는 것은 그만했으면 좋겠어요. 아주 어지러울 지경이에요." 앨리스는 핀잔을 주었다.

"알았어." 고양이는 이렇게 대답하고 이번에는 아주 천천히 사라졌다. 꼬리 끝 부분부터 사라지기 시작해 히죽거리는 웃는 얼굴이 마지막으로 사라졌는데 고양이가 완전히 사라진 뒤에도 그 웃음이 잔상으로 남았다.

'희한하네. 히죽 웃지 않는 고양이는 가끔 보았지만 고양이 없이 희죽 웃는 모습을 다 보았네. 살면서 본 것 중에서 가장 희한한 모습이야.' 앨리스는 생각했다.

앨리스는 그리 멀리 가지 않아서 3월 토끼의 집이 보였다. 그녀는 집을 제대로 찾아왔다고 생각했다. 굴뚝이 토끼 귀처럼 생기고 지붕은 가죽으로 이었기 때문이었다. 집 한 채로는 너무 큰 집이어서 집에 가까이 가기 전에 왼손에 든 버섯 조각을 뜯어 먹고서 키를 60센티 정도로 키웠다. 키를 키웠음에도 아주 조심스럽게 집을 향해 걸어가면서 혼잣말을 했다. '어쨌든 다들 미쳤다고 하니까 차라리 모자 장수 만나러 갈 걸 그랬어.'

7장

미친 티파티

집 앞의 한 그루 나무 아래에 식탁이 놓여 있었고 3월 토끼
와 모자 장수가 그 식탁에서 차를 마시고 있었다. 둘 사이
에 겨울잠 쥐가 앉아서 곤히 자고 있었다. 이 둘은 겨울잠
쥐를 쿠션 삼아 팔꿈치로 괴고 겨울잠 쥐의 머리 위로 대화
를 나누고 있었다. '겨울잠 쥐가 참 불편하겠어. 그나마 세
상 모르고 꿀잠을 자고 있어서 다행이야' 앨리스는 이런 생
각을 했다.

식탁은 넓찍했지만 셋은 식탁 한구석에 옹기종기 모여
있었다. "앉을 자리 없어! 앉을 자리 없어!" 앨리스가 오는

것을 본 이들은 소리를 질렀다. "여기 앉을 자리 남아도네
요." 앨리스는 씩씩거리면서 말하고는 식탁 한쪽에 있는 큼
직한 팔걸이의자에 앉았다.

"포도주 한잔해." 3월 토끼가 부추겼다. 앨리스가 식탁을
샅샅이 훑어보았지만 차만 보였지 포도주는 찾아볼 수 없
었다. "포도주는 하나도 없네요."

"포도주는 하나도 없지." 3월 토끼가 말했다.

"포도주도 없으면서 마시라고 하는 것은 예의가 아니죠."
앨리스는 화를 냈다.

"초대하지도 않았는데 남의 식탁에 냉큼 앉는 것도 예의 없는 짓이지." 3월 토끼가 반박했다.

"당신 식탁인 줄은 몰랐네요. 3명 먹을 식탁 치고는 너무 푸짐하게 차린 거 아닌가요." 앨리스가 말했다.

"머리 좀 깎아야겠다." 모자 장수가 충고했다. 잔뜩 호기심을 갖고 앨리스를 한참 동안 찬찬히 살펴보고 있다가 처음 꺼낸 말이 이 말이었다.

"개인적 충고는 삼가는 법을 배워야겠어요. 너무 무례한 짓이죠." 앨리스는 아주 엄하게 말했다.

모자 장수는 이 말을 듣고 눈이 휘둥그레졌지만 생뚱맞은 소리를 뱉었다. "왜 까마귀는 책상처럼 생겼지?"

'좋아, 이제 좀 재미있게 놀아볼까!' 앨리스는 이런 생각을 하고 큰소리로 말했다. "반갑게도 수수께끼를 묻기 시작하네요. 이 수수께끼 맞출 수 있을 것 같은데요."

"이 수수께끼의 답을 맞출 수 있다고 생각한다는 뜻이니?" 3월 토끼가 반문했다.

"바로 그런 뜻이에요." 앨리스가 대답했다.

"그럼 네가 생각하는 답을 말해야지." 3월 토끼가 말을 이었다.

"말하잖아요." 앨리스가 냉큼 대답했다. "그러니까… 백

번 양보해도 제 말이 그런 뜻이잖아요… 아시겠지만 그게 그거라는 거잖아요.”

　“같기는 개뿔이 같아.” 토끼가 빈정거렸다. “그런 식으로 우긴다면 ‘먹는 것을 보는 것’이 ‘보는 것을 먹는 것’이나 마찬가지라고 하겠다.”

　“‘얻는 것을 좋아한다’는 말은 ‘좋아하는 것을 얻는다’는 말과 같다고 우기겠네.” 3월 토끼가 추임새를 넣었다.

　“‘잠잘 때 숨을 쉬는 것’은 ‘숨을 쉴 때 잠자는 것’이라고 말하는 것이나 다름없지.” 겨울잠 쥐가 잠꼬대하는 것 같았다.

　“이런 게 너에게 다 같은 것이지.” 모자 장수의 말이 떨어지고 나서 이쯤에서 대화가 끊겼다. 넷은 잠시 아무 말없이 앉아 있으면서 앨리스는 까마귀와 책상의 닮은 점을 생각해보려고 애썼지만 별로 떠오르는 생각이 없었다.

　이 침묵을 먼저 깬 것은 모자 장수였다. “오늘이 며칠이지?” 모자 장수는 앨리스를 돌아보며 물었다. 모자 장수는 주머니에서 시계를 꺼내서 보고는 어쩔 줄 몰라서 가끔 흔들어 보고 귀에 갖다 댔다.

　앨리스는 오늘이 며칠인지 계산해보다가 “4일”이라고 대답했다. “이틀이나 틀려!” 모자 장수가 한숨을 쉬고는

3월 토끼를 째려보면서 잔소리했다. "버터로 시계 밥을 주면 안 된다고 그만큼 얘기했잖아."

"그래도 최고급 버터였다구." 3월 토끼는 다 기어들어가는 목소리로 변명했다.

"최고급이긴 해도 빵 부스러기도 같이 들어갔나 봐. 빵칼로 버터를 넣는 게 아니었어." 모자 장수가 투덜거렸다.

3월 토끼는 시계를 들고 못마땅한 듯이 다시 바라보았다. 그러다가 시계를 찻잔에 담그고 다시 바라보았지만 더 좋은 말이 떠오르지는 않았는지 아까 했던 말을 되풀이했다. "그래도 최고급 버터였다구."

앨리스는 호기심이 생겨서 어깨 너머로 쳐다보고 있다가 한마디했다. "참 재미있는 시계네요! 날짜는 알려주면서 시간은 안 알려준다니!"

"왜 그래야 하는데? 네 시계는 연도도 알려주니?" 모자 장수는 투덜거렸다.

"당연히 안 알려주죠." 앨리스는 바로 대답했다. "연도는 긴 시간이니까 알려줄 필요가 없잖아요."

"내 시계도 그런 거야." 모자 장수가 말했다.

앨리스는 횡딩무게하다고 느꼈다. 모자 장수의 말은 우리말이 분명하긴 한데 말인지 방귀인지 아무런 의미가 없었다. 앨리스는 최대한 공손하게 말했다. "도대체 무슨 말씀을 하시는지 알아들을 수가 없습니다."

"겨울잠 쥐가 다시 잠들었네." 모자 장수가 말하고는 뜨거운 차를 쥐의 코에 부었다.

겨울잠 쥐는 진저리를 치듯이 머리를 흔들고는 눈도 뜨지 않고 말했다. "그러게, 내 말이 딱 그 말이야."

"수수께끼는 아직 못 풀었어?" 모자 장수는 다시 앨리스를 바라보며 말했다.

"모르겠어요, 전 포기할래요. 답이 뭔가요?" 앨리스는 대답했다.

"나도 전혀 몰라." 모자 장수는 말했다.

"난들 알겠어?" 3월 토끼도 말했다.

앨리스는 지쳐서 한숨이 나왔다. "답도 없는 수수께끼를 내는 데 그것을 낭비하느니 그 시간에 뭔가 건설적인 일을 하는 게 좋겠네요."

"네가 나만큼 시간에 대해서 안다면 그것을 낭비한다고 하면 안 되지. '그분을'이라고 해야지."

"무슨 말씀을 하시는 건지 전혀 모르겠어요." 앨리스는 대답했다.

"알 턱이 없지. 넌 시간에게 말을 걸어본 적도 없겠지." 모자 장수는 앨리스를 깔보듯이 고개를 쳐들고 말했다.

"그런 적 없을 거예요. 하지만 음악을 배울 때는 '박자를 맞춰야 한다(beat time)'는 것쯤은 알아요." 앨리스는 조심스럽게 대답했다.

"아! 그거 말이 되네." 모자 장수가 말했다. "그분은 맞는 것(beating)은 못 견뎌. 네가 그분과 잘 지낸다면 그분은 네가 시계로 하고 싶은 것은 거의 뭐든지 들어줘. 예를 들어, 아침 9시 수업을 시작할 시간이라고 하자. 시간에게 그냥 귀띔만 해주기만 하면 눈 깜짝할 새에 시곗바늘이 돌아가. 1시 반, 점심시간이 되는 거야."

("제발 그랬으면 좋겠어." 3월 토끼가 혼잣말로 속삭였다.)

"그렇게 되면 정말 좋겠지만 그 시간에는 배가 고프진 않을 거예요." 앨리스는 진지하게 말했다.

"처음에는 그렇지 않겠지만 원하는 만큼 1시 반에 머물 수 있어." 모자 장수가 말했다.

"당신이 시간과 지내는 방식이 그런가요?" 앨리스가 물었다.

모자 장수는 애처롭게 고개를 저으며 대답했다. "나는 아니야! 지난 3월에 우리는 다투었어. 재가 미치기 직전에 밀이야(티스푼으로 3월 토끼를 가리켰다). 하트 여왕이 개최한

성대한 음악회에서 나는 노래를 불러야 했어…"

"반짝 반짝 작은 박쥐!

어디에서 반짝이나!"

"이 노래 알지?"

"비슷한 노래 들어봤어요." 앨리스가 대답했다.

"다음 가사는 이렇지." 모자 장수는 이어 불렀다.

                    "이 세상 위로 나는
                 하늘 위의 차 쟁반처럼.
                     반짝 반짝―"

　이 대목에서 겨울잠 쥐가 몸을 흔들며 꿈속에서 노래를
부르기 시작했다. '반짝 반짝 반짝 반짝―' 이 구절을 무한
반복하는 바람에 다들 겨울잠 쥐를 꼬집어서 노래를 멈추
게 했다.

　"1절을 아직 마치지도 못했는데 여왕이 뛰쳐나와 소리를
질렀지. '이 놈이 시간을 죽이고 있다! 이 놈의 목을 베라!'"
모자 장수가 말했다.

　"정말 끔찍해요!" 앨리스가 비명을 질렀다.

　"그때부터 시간은 나의 부탁을 하나도 들어주지 않아.
이제는 항상 6시야." 모자 장수는 처량한 목소리로 말을 이
었다.

　앨리스는 머릿속이 환해졌다. "그래서 여기에 차 마시는
데 필요한 도구들을 잔뜩 늘어놓은 거군요?" 앨리스가 물
었다.

　"그런 셈이지. 항상 차 마시는 시간이어서 중간에 나기를
씻을 시간도 없어." 모자 장수가 한숨을 쉬며 말했다.

"그럼 자리를 계속 옮기는 거겠군요?" 앨리스가 말했다.

"그렇지, 차를 다 마시고 나면 자리를 옮기는 거지." 모자 장수가 맞장구를 쳤다.

"그러다가 처음 자리로 되돌아오면 어떻게 되는 걸까요?" 앨리스가 난감한 질문을 했다.

"화제를 바꾸는 게 어떨까? 이런 이야기는 질린다. 꼬마 숙녀가 우리에게 이야기를 해주는 데 한 표." 3월 토끼는 하품을 하면서 이야기를 끊었다.

"아는 이야기가 없는데 어떡하죠?" 앨리스는 이 제안에 당황해서 말했다.

"그럼 겨울잠 쥐가 할 거야." 모자 장수와 3월 토끼 둘이서 소리를 지르고 양쪽에서 동시에 쥐를 꼬집었다. "일어나, 겨울잠 쥐야!"

겨울잠 쥐가 천천히 눈을 떴다. "잠 잔 건 아니야. 너희들이 하는 이야기 다 듣고 있었어." 쥐는 목이 잠겨 들릴락 말락 한 목소리로 말했다.

"이야기 하나 해줘!" 3월 토끼가 부탁했다.

"네, 제발 해주세요!" 앨리스가 간청했다.

"빨리 하나 해. 안 그러면 이야기를 하나 마치기도 전에 다시 잠들 수 있으니까." 모자 장수가 보챘다.

겨울잠 쥐는 황급히 이야기를 시작했다. "옛날 옛적에 어린 세 자매가 살았어. 첫째는 엘시, 둘째는 레이시, 막내는 틸리야. 세 자매는 우물 바닥에 살았어."

"뭘 먹고 살았나요?" 항상 먹고 마시는 일에 관심이 많은 앨리스가 물었다.

"당밀을 먹고 살았어." 잠시 생각하더니 겨울잠 쥐가 대답했다.

"그럴리가요. 그랬다가는 병 나요." 앨리스가 점잖게 반박했다.

"그랬지. 병에 걸렸는데 아주 심한 병이었지." 겨울잠 쥐가 말했나.

앨리스는 그런 극한의 상황에서 살아야 한다면 그 삶은 어떨지 혼자 상상해보려고 애를 썼지만 혼자서는 궁금증이 풀리지 않아서 연이어 질문을 했다. "그런데 왜 세 자매는 우물 바닥에서 살아야 했나요?"

"차 좀 더 드세요." 3월 토끼가 앨리스에게 아주 정중하게 권했다.

"아직까지 아무것도 못 마셨는데 더 마시는 것은 불가능하죠." 앨리스는 기분 니쁜 말투로 빈박했다.

"덜 마실 수는 없다는 말이겠지. 아무것도 안 마셨으면 얼마든지 더 마실 수 있잖아." 모자 장수가 말했다.

"아무도 그쪽 의견을 구하진 않았어요." 앨리스가 쏘아 붙였다.

"지금 개인적 의견을 밝히는 사람이 누구더라?" 모자 장수가 의기양양하게 물었다.

앨리스는 이 말에 어떻게 대처해야 할지 막막했다. 그래서 그녀는 손수 차를 따르고 빵에 버터를 발라 먹고 나서 겨울잠 쥐를 바라보며 질문을 반복했다. "왜 세 자매는 우물 바닥에 살아야 했나요?"

겨울잠 쥐는 이야기를 꾸며내느라 이번에도 잠시 뜸을 들이더니 대답했다. "여기가 당밀 우물이었어."

"그런 게 어디 있어요." 앨리스는 화를 버럭 내기 시작했다. 모자 장수와 3월 토끼는 "쉿! 쉿!"하며 앨리스의 입을 막았고 겨울잠 쥐는 뚱해서 대답했다. "얌전히 이야기를 듣지 않으려거든 네 맘대로 이 이야기를 마무리 짓는 게 낫겠다."

"아니에요, 이야기 계속 해주세요. 다시는 끼어들지 않을게요. 그런 게 있을 수 있죠." 앨리스는 아주 공손하게 말했다.

"정말 있다니까!" 겨울잠 쥐는 씩씩거리며 말했다. 그렇지만 겨울잠 쥐는 이야기를 계속하기로 했다. "이 세 자매는 길어 올리는 법을 배우고 있었는데—"

"뭘 길어 올린다고요?" 앨리스는 약속을 까맣게 잊고 불쑥 질문했다.

"당밀." 겨울잠 쥐는 이번에는 앨리스의 약속을 전혀 신경 쓰지 않고 대답했다.

"깨끗한 컵이 필요해. 자리 하나씩 옮기자." 모자 장수가 끼어들었다.

모자 장수가 말을 하면서 자리를 옮기자 겨울잠 쥐도 그를 따라 옮기고 3월 토끼는 겨울잠 쥐의 자리로 옮겼다. 앨리스는 내키지 않았지만 3월 토끼 자리에 앉았다. 자리를 옮겨서 새 집을 차지한 사람은 모자 장수밖에 없었다. 앨리스는 아까보다 훨씬 더 지저분한 자리를 차지하게 되었다. 3월 토끼가 방금 접시에 우유통을 엎질렀기 때문이었다.

앨리스는 겨울잠 쥐의 신경을 거슬리게 할까봐 아주 조심스럽게 물었다. "그런데 이해가 되지 않아서요. 세 자매가 어디서 당밀을 길어 올렸다는 건가요?"

"우물에서 물을 길어 올릴 수 있듯이 당밀 우물에서도 당밀을 길어 올릴 수 있다는 것쯤은 알 수 있지 않나, 이 멍청아!" 모자 장수가 핀잔을 쳤다.

"하지만 세 자매는 우물 안에 살았잖아요." 앨리스는 모자 장수의 마지막 말은 못 들은 체하고 겨울잠 쥐에게 질문했다.

"그렇지, 우물 안에 살았지." 겨울잠 쥐가 말했다.

불쌍한 앨리스는 겨울잠 쥐의 말을 알아들을 수 없었다. 그래서 앨리스는 겨울잠 쥐가 이야기를 한참 계속하도록 중간에 끊지 않고 내버려뒀다.

"셋 다 길어 올리기를 배우고 있었는데, 미음으로 시작하는 것들은 뭐든지 다 길어 올렸지." 겨울잠 쥐가 이야기를 이어가면서 너무 졸려서 하품하고 눈을 비비고 있었다.

"왜 미음으로 시작하는 것을 그랬나요?" 앨리스가 물었다.

"그러면 왜 안 되는데?" 3월 토끼가 반박했다.

앨리스는 입을 다물었다.

겨울잠 쥐는 이때쯤에는 눈을 감고 깜빡 졸았다. 모자 장수가 꼬집자 "깜짝이야" 하면서 화들짝 놀라 눈을 뜨더니 이야기를 이어갔다. "—마을, 마늘, 마누라, 많음처럼 미음으로 시작하는 것들 말이야 — 만물을 '많음의 많음'이라고 하잖아 — 혹시 많음의 그림과 같은 것을 본적이 있니?"

앨리스는 뭐가 뭔지 전혀 알 수 없었다. "본 적이 있는지 정말 물으신다면, 없는 것 같습니다—"

"그럼 말을 말아야지." 모자 장수가 말했다.

이런 무례한 말을 듣고 앨리스는 참고 넘어갈 수 없었다. 앨리스는 너무 불쾌해서 자리를 박차고 나와버렸다. 겨울잠 쥐는 바로 잠에 빠져들었다. 걸어 나오면서 앨리스는 누군가 자기를 붙잡아주기를 내심 기대하면서 한두 번 뒤돌아봤지만 아무도 그녀가 없어졌다는 사실조차 알아채지 못했다. 앨리스가 마지막으로 돌아봤을 때 둘은 겨울잠 쥐를 찻주전자 속에 집어넣으려고 낑낑거리고 있었다.

'무슨 일이 있어도 다시는 저기에 안 갈 거야!' 앨리스는

이렇게 다짐하면서 숲속으로 길을 잡았다. '저렇게 엉망진 창인 다과회는 난생처음이야.'

바로 이때 앨리스는 문이 달린 나무 한 그루를 보았다. '거 참 희한하네. 하긴 오늘 모든 일이 희한했지. 바로 들어가 봐야지'라고 생각하면서 앨리스는 나무 안으로 들어갔다.

앨리스는 다시 한번 긴 복도로 들어가 작은 유리 탁자를 만나게 되었다. '이번에는 잘해봐야지.' 앨리스는 혼자 다짐 을 하면서 작은 황금 열쇠를 들고서 정원으로 이어지는 문 을 열었다. 그다음에 앨리스는 버섯(버섯 한 조각을 주머니에 계속 넣어 두었다)을 뜯어 먹어서 키를 30센티로 줄였다. 그 런 다음 작은 통로를 내려가니 마침내 화려한 화단과 시원 한 분수로 꾸며진 아름다운 정원이 눈앞에 펼쳐졌다.

8장

여왕의 크로케 경기장

정원 입구 근처에 커다란 장미나무 한 그루가 있었다. 거기에 흰 장미가 피었는데 정원사 3명이 분주하게 흰 장미를 빨간 색으로 칠하고 있었다. 앨리스는 참 희한한 일을 한다고 생각하며 무슨 일인지 알아보려고 가까이 다가갔다. 그때 정원사 중 하나가 이렇게 소리를 질렀다. "조심해 5번! 그렇게 하면 페인트가 나한테 튀잖아!"

"일부러 그러는 거 아니야. 7번이 내 팔꿈치를 쳤단 말이야." 5번이 퉁명스럽게 대꾸했다.

이 말에 7번이 쳐다보면서 말했다. "잘하는 짓이다, 5번.

뭐든지 다 남 탓이더라!"

　"너야말로 입 닥치고 있는 게 좋을 걸! 바로 어제 여왕이 네 목을 쳐야 한다고 말하는 것을 들었거든." 5번이 말했다.

　"무엇 때문에?" 처음 말했던 정원사가 물었다.

　"넌 알 바 없잖아, 2번." 7번이 말했다.

"뭔 소리야. 2번 목숨이 달린 일인데. 내가 알려줄게. 요리사에게 양파 대신 튤립 뿌리를 갖다 준 죄야." 5번이 말했다.

7번이 붓을 바닥에 내팽개치더니 "음, 이런 온갖 부당한 일 중에서~"라고 말을 막 꺼내려다가 자기들을 지켜보던 앨리스를 발견하고 얼른 입을 다물었다. 다른 정원사들도 주변을 살피더니 모두 허리를 굽혔다.

"왜 이 장미에 페인트 칠을 하는지 그 연유를 알려주실 수 있나요?" 앨리스는 아주 조심스럽게 물었다.

5번과 7번은 아무 말없이 2번을 쳐다봤다. 2번은 작은 목소리로 대답했다. "실은 말이에요, 아가씨. 여기에 빨강 장미를 심어야 하는데 실수로 흰 장미를 심었지 뭐예요. 여왕님이 이를 알게 되는 날에는 우리는 모두 목이 날아가요. 여왕님이 오기 전에 무슨 수를 쓰더라도 다 칠해야 해요." 바로 그 순간에 초조하게 정원을 망보고 있던 5번이 소리를 질렀다. "여왕님이다! 여왕 폐하가 납셨다!" 세 정원사는 즉시 바닥에 납작 엎드렸다. 발자국 소리가 어지럽게 들려왔다. 앨리스는 여왕을 꼭 두 눈으로 보고 싶어서 사방을 두리번거렸다.

맨 앞에는 클로버를 든 열 명의 병서기 왔다. 이들은 모두 정원사처럼 직사각형으로 납작하게 생겼고 손과 발이 카드 귀퉁이에 달렸다. 그다음에는 열 명의 귀족이 왔는데 모두 다이아몬드로 장식되었고 병사들처럼 두 명씩 짝을 이루었다. 이들 다음에 왕족 아이들이 왔는데 이들도 열 명이었다. 작은 아이들은 손에 손을 잡고 즐겁게 깡총깡총 뛰면서 왔는데 모두 하트로 장식되어 있었다. 그다음에 초대 손님들이 왔는데 대부분 왕과 여왕이었다. 이들 행렬 사이에 흰 토끼가 있는 것을 앨리스는 알아보았다. 흰 토끼는 누가 한 마디만 해도 미소를 지으면서 이 사람 저 사람 눈치 보기 바빠서 앨리스를 알아보지 못하고 지나갔다. 하트 잭이 분홍색 벨벳 쿠션에 왕관을 들고 뒤를 이었고 이 웅장한 행렬의 대미를 장식한 것은 하트 왕과 여왕이었다.

앨리스는 세 명의 정원사처럼 얼굴을 땅에 대고 엎드리지 않는 게 마땅한 짓인지 살짝 의문이 들기는 했지만 여왕의 행차에 이런 법도가 있다는 말을 들어본 기억이 없어서 속으로 이렇게 생각했다. '그것도 그렇지만, 행차를 왜 하는 거야? 사람들이 모두 얼굴을 처박고 엎드려 있어야 한다면 아무것도 볼 수 없잖아?' 그래서 앨리스는 있던 자리에 가만히 서서 기다렸다.

행렬이 앨리스의 맞은편에 다다르자 모두 걸음을 멈추고 앨리스를 쳐다봤다. 여왕이 하트 잭에게 근엄한 목소리로 물었다. "저것은 뭐냐?" 여왕의 질문에 하트 잭은 대답 대신 허리를 살짝 숙이고 빙긋이 웃기만 했다.

"고얀 놈!" 여왕은 짜증스럽게 고개를 쳐들면서 앨리스를 향해 물었다. "애야, 네 이름이 무엇이냐?"

"제 이름은 앨리스이옵니다. 황공하옵니다, 여왕폐하." 엘리스는 아주 공손하게 말하며 속으로 이렇게 생각했다. '그래 봤자 카드 한 벌에 불과한데 내가 겁먹을 필요가 어디 있어!'

"이자들은 누구냐?" 여왕은 장미나무 주변에 엎드려 있던 세 명의 정원사를 가리키며 물었다. 정원사들은 얼굴을 땅에 대고 엎드리고 있는데다 등의 카드 분양도 나머지 카드 한 벌의 문양과 같아서 여왕은 이들이 정원사인지 병사인지 시중들인지 여왕의 세 아이인지 구별할 수가 없었다.

"전들 어떻게 알겠어요? 저하고는 아무 상관없는 사람들이에요." 앨리스는 이렇게 대꾸했지만 어디서 이런 용기가 났는지 스스로 놀랐다.

여왕은 화를 이기지 못하고 얼굴이 벌겋게 달아올랐다. 사나운 짐승처럼 앨리스를 잠시 노려보더니 외쳤다. "저 아이의 목을 쳐라! 당장 ."

"말도 안 돼요!" 앨리스가 아주 큰 목소리로 단호하게 말

하자 여왕은 할 말을 잃었다.

왕은 여왕의 팔을 잡고서 더듬더듬 말했다. "여보, 천지
분간도 못하는 애가 뭘 알겠소?"

여왕은 왕의 손길을 사납게 뿌리치며 하트 잭에게 명령
했다. "이자들을 뒤집어라!"

하트 잭은 한 발로 정원사들을 아주 조심스럽게 뒤집었다.

"일어서!" 여왕이 고함을 치자 세 명의 정원사는 벌떡 일어나 왕과 여왕, 왕자와 공주, 그외의 모든 일행에게 굽실거리며 절하기 시작했다.

"어휴 정신 사나워, 절 좀 그만 해!" 여왕은 소리를 질렀다. 그러고는 장미나무를 바라보며 물었다. "장미나무에게 무슨 짓을 하고 있었느냐?"

"황공하옵니다, 여왕 폐하." 2번이 한쪽 무릎을 꿇고 기어들어가는 목소리로 말했다. "저희들이 하고 있던 일은—"

"알겠다!" 그 사이에 장미를 살펴본 여왕이 말했다. "이놈들의 목을 쳐라!" 행렬이 다시 움직이기 시작하고 병사 셋은 운이 나쁜 정원사를 처형하기 위해 뒤에 남았다. 정원사들은 앨리스에게 달려와 살려달라고 간청했다.

"목이 잘리는 일은 없을 거야!" 앨리스는 이렇게 말하고 세 정원사를 근처에 있던 큰 화분 속에 감추었다. 세 명의 병사는 정원사를 찾느라 잠깐 주변을 훑어보다가 슬그머니 일행을 따라갔다.

"그자들의 목을 베었느냐?" 여왕이 소리를 질렀다.

"그자들의 목은 달아났습니다, 여왕폐하!" 병사들은 큰

소리로 대답했다.

"잘되었군!" 여왕은 소리를 치더니 물었다. "크로케를 할 줄 아느냐?"

병사들은 아무 말없이 앨리스를 쳐다보았다. 앨리스에게 묻는 질문이 분명했기 때문이었다.

"그럼요!" 앨리스는 큰소리로 대답했다.

"그럼, 따라오너라!" 여왕이 쩌렁쩌렁 소리를 지르자 앨리스는 행렬을 따라나서면서 앞으로 무슨 일이 벌어질지 너무 궁금해졌다.

"날씨가 어, 아주 화창하네!" 앨리스 옆에서 누가 소근거렸다. 앨리스는 흰 토끼와 나란히 걷고 있었는데다 토끼가 앨리스의 얼굴을 힐끔힐끔 훔쳐봤다.

"그러네요. 그런데 공작부인은 어디 있나요?" 앨리스가 물었다.

"쉿! 조용히!" 토끼는 작은 목소리로 급히 말했다. 토끼는 조심스럽게 뒤를 살피더니 뒤꿈치를 들고 앨리스의 귀에 입을 대고 속삭였다. "공작부인은 사형 판결을 받았어요."

"아니 왜요?" 앨리스가 물었다.

"'안됐네요'라고 했니?" 토끼가 물었다.

"아니, 안 그랬어요. '안됐네요'라니, 말도 안 되요. '아니

121

왜요?'라고 했어요." 앨리스는 대답했다.

"여왕의 뺨을 때렸는데—" 토끼의 말에 앨리스는 웃음을
터트렸다. "쉿, 조용!" 토끼는 깜짝 놀라서 속삭였다. "여왕
폐하가 듣겠어. 공작부인이 좀 늦게 오자, 여왕 폐하가—"

"각자 위치로!" 여왕이 벼락처럼 고함을 지르자 사람들
은 사방으로 뛰기 시작하면서 서로 부딪쳐 넘어졌다. 하지
만 조금 지나자 모두 제자리를 잡고 경기가 시작되었다. 앨
리스는 이렇게 별난 크로케 경기장은 난생처음 본다는 생
각이 들었다. 바닥은 고랑을 파서 울퉁불퉁했고 공은 살아
있는 고슴도치였으며 배트는 살아있는 플라밍고였다. 병
사들이 등목 하듯이 엎드려서 몸을 둥글게 만들어 골대 역
할을 했다.

처음에 앨리스는 플라밍고를 어떻게 다뤄야 할지 몰라
서 경기에 적응하는 데 큰 어려움을 겪었다. 앨리스는 플라
밍고의 몸통을 꽤 편안하게 겨드랑이에 끼고 두 다리를 아
래로 늘어뜨릴 수 있었지만 플라밍고의 목을 쭉 빼내서 고
슴도치 공을 플라밍고 머리로 뻥 치려고 시도하자 플라밍
고는 목을 말아 올려서 어리둥절한 표정으로 앨리스의 얼
굴을 쳐다보는 바람에 앨리스는 웃음을 칠을 수가 없있다.
앨리스가 플라밍고의 머리를 누르고 다시 치려고 하자 이

번에는 고슴도치가 몸을 둥글게 말아서 도망치려고 해서
짜증이 몰려왔다. 어려움은 이것만이 아니었다. 고슴도치
를 쳐서 보내려고 하는 곳마다 고랑이나 골이었으며, 골대
모양을 만들어서 엎드리고 있던 병사들은 그럴 때마다 일

어나서 경기장 저쪽으로 가버렸다. 앨리스는 이 크로케 경기는 정말 하기 어려운 경기라는 생각이 금방 들었다.

선수들은 자기 차례를 기다리지 않고 한꺼번에 치려고 하다 보니까 항상 말다툼을 벌이고 고슴도치를 먼저 치려고 싸웠다. 정말 얼마 지나지 않아서 여왕은 화를 주체하지 못하고 여기저기 뛰어다니면서 연신 "이자의 목을 베라!", "저자의 목을 베라!" 하고 고함을 질렀다.

앨리스는 아주 초조한 기분이 들기 시작했다. 분명히 아직까지 여왕과 다툰 적은 전혀 없지만 언제든지 여왕의 눈 밖에 날 수 있다는 것을 알고 있었다. '그럼 나는 어떻게 될까? 여기서는 사람의 목을 베는 일을 밥 먹듯이 하는데 살아남는 사람이 있다는 게 아주 신기한 노릇이야.' 앨리스는 이런 생각이 들었다.

앨리스는 도망칠 구멍이 있는지 주변을 둘러보다가 들키지 않고 도망치기는 쉽지 않을 것 같다는 생각이 들었다. 그때 머리 위로 신기한 모양이 보였다. 처음에는 그것의 정체를 전혀 알아채지 못했지만 잠시 지켜보고 나서야 그것이 싱긋 웃는 모습이라는 것을 알았다. '체셔 고양이잖아. 이제 대화 상대를 찾았어.' 앨리스는 혼잣말을 했다.

"잘 지내니?" 겨우 말을 할 정도로 입이 나오자마자 체셔 고양이가 물었다.

앨리스는 체셔 고양이의 눈이 나타날 때까지 기다렸다가 고개를 끄덕였다. '대답해도 소용없을 거야. 귀가 다는 아니더라도 적어도 하나라도 있어야지.' 앨리스는 생각했다. 조금 더 기다리다 고양이 머리가 다 드러나자 앨리스는 껴안고 있던 플라밍고를 내려놓고 경기가 어떻게 진행되었는지 설명했다. 자기 말을 들어줄 누군가가 생겼다는 게 너무 기분이 좋았다. 체셔 고양이는 이 정도면 충분히 보여줬다고 생각하는지 더 이상 모습을 드러내지 않았다.

"이 사람들이 아주 정정당당하게 경기하는 것이라고 보지는 않아." 앨리스는 좀 투덜거리듯이 말을 꺼냈다. "귀가 먹먹할 정도로 큰 소리로 말다툼을 벌여서 누가 무슨 말을 하는지 들리지도 않아. 정해진 경기 규칙도 없는 것 같고 설령 있다고 해도 아무도 규칙을 지키지도 않아. 경기 도구가 모두 살아서 움직이면 얼마나 혼란스러운지 상상도 못 할 거야. 예를 들어 내가 골을 넣어야 할 골대가 운동장 다른 쪽으로 걸어서 가버려. 여왕의 고슴도치를 지금 막 쳐야 하는데 고슴도치는 내가 치려고 하는 플라밍고 크로케 채를 보고는 도망쳐버려!"

"여왕은 마음에 들어?" 체셔 고양이가 소근거렸다.

"전혀! 여왕은 너무 일방적으로—"라고 앨리스는 말하는데 바로 그때 여왕이 등 뒤에 바싹 다가섰다는 것을 눈치챘다. "— 승리할 것 같아. 경기를 끝까지 할 필요가 있을까 싶어."

여왕은 미소를 짓고 지나갔다.

"누구하고 대화하고 있느냐?" 왕은 앨리스에게 다가와 호기심에 가득 찬 눈빛으로 고양이의 머리를 쳐다보면서 물었다.

"제 친구예요. 체셔 고양이인데, 소개해 올리겠습니다." 앨리스는 대답했다.

"저 표정이 전혀 마음에 들지 않는다만 원한다면 내 손에 입을 맞추게 해주지." 왕이 말했다.

"굳이 하지 않겠습니다." 체셔 고양이가 대답했다.

"무엄하구나. 어느 안전이라고 빤히 쳐다보느냐." 왕이 이렇게 말하면서 앨리스의 등 뒤에 섰다.

"고양이는 왕을 쳐다볼 수 있습니다. 책에서 읽었는데 어떤 책인지는 기억나지 않습니다." 앨리스는 말했다.

"그럼, 이 고양이는 없애버려야겠구나." 왕은 아주 단호하게 말하고는 마침 지나가고 있던 여왕을 불렀다. "왕비, 저 고양이를 처단해주었으면 하오!"

여왕이 크든 작든 가리지 않고 모든 골칫거리를 처리하는 방식은 오직 한 가지 명령뿐이었다. "저 놈의 목을 베라." 여왕은 둘러보지도 않고 소리쳤다.

"내가 몸소 사형집행인을 불러오겠다." 왕은 단호하게 말하고는 서둘러 자리를 떴다.

앨리스는 다시 경기하러 가서 경기가 어떻게 진행되고 있는지 살펴보는 게 좋을 것 같다는 생각이 들었다. 여왕이 멀리서 목청껏 소리를 지르는 것을 들었기 때문이었다. 앨리스는 여왕이 치는 순서를 놓친 세 명의 선수에게 사형 선고를 내린 것을 이미 들었기에 이런 분위기가 전혀 마음에 들지 않았다. 경기가 너무 뒤죽박죽이어서 자기 차례가 언제인지 알 도리가 없었다. 그래서 앨리스는 자기 고슴도치를 찾으러 나섰다.

고슴도치가 다른 고슴도치와 싸움을 벌이고 있어서 이 순간이야말로 앨리스는 이 고슴도치 중 한 마리를 칠 수 있는 절호의 기회라고 보았다. 그런데 자신의 플라밍고가 정원의 반대편으로 가버려서 그럴 수가 없었다. 플라밍고에게 가보았더니 플라밍고가 나무 위로 날아오르려고 용을 쓰고 있었다.

앨리스가 플라밍고를 붙잡아 돌아와보니 이미 싸움은 끝

나고 고슴도치 두 마리도 어디 갔는지 보이지 않았다. '안 보이면 어때. 어차피 골대도 운동장 반대편으로 옮겨가고 없는데 뭘.' 앨리스는 생각했다. 그래서 앨리스는 플라밍고가 다시 도망치지 못하도록 겨드랑이에 꽉 끼고서 친구에게 다가가서 대화를 더 나눌 생각이었다.

앨리스는 체셔 고양이에게 되돌아와서 고양이 주위로 여러 사람이 모여있는 것을 보고 깜짝 놀랐다. 사형집행인, 왕과 왕비가 언쟁을 벌이고 있었는데 셋 다 한꺼번에 할 말을 하고 나머지 사람들은 입을 닫고 있었지만 아주 언짢은 표정이었다.

앨리스가 나타난 순간 세 사람은 서로 앨리스를 불러대며 문제를 해결해달라고 했다. 각자 자기 주장을 되풀이했는데 셋이 한꺼번에 이야기하는 바람에 앨리스는 각자의 주장이 무엇인지 정확히 파악할 수 없었다.

사형집행인은 체셔 고양이가 몸이 없으니 머리를 자를 수 없다는 주장이었다. 지금까지 이런 일을 한 적이 없으므로 자기 생애에 이런 일이 벌어지지 않도록 하겠다고 우겼다.

왕은 머리가 달린 것은 뭐든지 벨 수 있으니까 말도 안 되는 소리는 집어치우라는 주장이었다.

여왕은 지금 당장 아무런 조치가 이루어지지 않는다면 모두의 목을 남김없이 베어버리겠다는 주장이었다. (여왕의 이 말 때문에 여기 모인 사람들은 모두 심각한 표정으로 불안에 떨었다.)

앨리스는 달리 할 말이 없어서 이렇게 말했다. "이 고양이는 공작부인 거예요. 그러니 공작부인에게 물어보세요."

"공작부인은 감옥에 갇혔으니 가서 데려오너라." 여왕은
사형집행인에게 명령했다. 그러자 사형집행인은 쏜살같이
달려갔다.

사형집행인이 사라지자마자 체셔의 머리가 사라지기 시
작하더니 공작부인을 데리고 돌아올 무렵에 고양이 머리
는 완전히 사라졌다. 그러자 왕과 사형집행인은 고양이 머
리를 찾느라 정신없이 뛰어다니고 나머지 사람들은 다시
크로케 경기를 하러 갔다.

가짜 거북이 이야기

"깜찍한 친구, 이렇게 다시 만나다니 얼마나 반가운지 모르겠구나!" 공작부인은 이렇게 말하면서 앨리스의 팔짱을 다정하게 끼고 같이 걸어갔다.

공작부인이 이렇게 기분 좋아하는 것을 보고 앨리스는 너무 반가웠다. 부엌에서 만났을 때 공작부인이 그렇게 사나웠던 건 후추 때문이었을 거라고 짐작했다.

'내가 공작부인이 된다면,' 앨리스는 혼잣말을 했다(하지만 그렇게 기대하는 말투는 아니었다). '내 부엌에 후추는 한 톨도 놔두지 않을 거야. 후추 없이도 수프는 맛있어. 사람들을 화나게 만드는 것은 항상 후추였을 거야.' 앨리스는 새로운 법칙을 발견한 양 의기양양하게 생각을 이어갔다. '식초는 사람의 기분을 나쁘게 만들고, 카모마일은 사람의 기분을 씁쓸하게 만들며, 사탕은 아이들의 기분을 달달하게 만들지. 사람들이 이걸 안다면 아이들에게 사탕 갖고 쩨쩨하게 굴지 않을 거야.'

앨리스는 자기 생각에 빠져 공작부인의 존재 자체를 거의 잊고 있다가 공작부인의 목소리가 귓가를 때리자 놀라서 움찔했다.

"이것 봐라, 무슨 생각에 빠졌길래 할 말을 잊었을까? 이런 경우 무슨 교훈을 얻을 수 있는지 당장은 말할 수 없지만 금방 생각날 것 같아."

"이런 일에 무슨 교훈이 있겠어요?" 앨리스는 감히 말대꾸를 했다.

"쯧쯧, 애송이 같으니라구!" 공작부인은 혀를 찼다. "찾으려고 노력한다면 무슨 일에서든 교훈을 찾을 수 있어." 공작부인은 이 말을 하면서 앨리스의 옆구리를 바짝 파고 들었다.

앨리스는 그녀가 자기에게 바짝 다가서는 것이 달갑지 않았다. 첫째로 공작부인은 아주 못 생겼기 때문이었다. 둘

째로 공작부인은 턱을 앨리스의 어깨에 걸치기에 딱 좋은 키인데 턱이 뾰족해서 어깨가 아팠기 때문이었다. 하지만 앨리스는 무례한 행동을 하고 싶지 않아서 애써 참았다.

"이제 경기가 좀 제대로 진행되고 있네요." 앨리스는 대화를 조금 더 이어가기 위해 말했다.

"그렇군. 여기서 얻을 수 있는 교훈은 '오, 이건 사랑이야. 세상이 잘 돌아가게 만드는 것은 사랑이야!'" 공작부인이 말했다.

"누구 말인지 모르지만, 각자 자기 일에 충실하면 세상이 잘 돌아간다고 한 것 같아요." 앨리스가 속삭이듯 말했다.

"오, 그렇지! 그 말이 그 말이야." 공작부인은 자신의 날카로운 턱으로 앨리스의 어깨를 지긋이 누르면서 말을 이었다. "여기서 얻을 수 있는 교훈은… '의미에 신경을 쓰면 소리는 저절로 만들어진다'는 얘기란다."

'성말 보는 일에서 교훈을 찾는 일에 너무 심취했어!' 앨리스는 그런 생각이 들었다.

"내가 너의 허리를 왜 감싸안지 않는지 궁금할 거야." 공작부인이 잠시 침묵 끝에 말했다. "그 이유는 말이야, 네가 안고 있는 플라밍고가 사나울 것 같아서야. 성질이 사나운지 한번 알아볼까?"

"물지도(bite) 몰라요." 앨리스는 조심스럽게 말했지만 혹시라도 실험할까봐 걱정스러운 것은 전혀 아니었다.

"그렇고 말고." 공작부인은 밀헀다. "플라밍고와 겨사는 둘 다 톡 쏘지(bite). 여기서 배울 수 있는 교훈은 '유유상종'

이라는 것이야.”

"겨자는 새가 아니에요.” 앨리스는 반박했다.

"맞는 말만 하네.” 공작부인은 말했다. "넌 종 분류를 아주 명확하게 할 줄 아는구나!”

"겨자는 광물성(mineral)으로 알고 있어요.” 앨리스는 말했다.

"당연히 광물성이지.” 공작부인은 앨리스의 말이라면 ‘팥으로 메주를 쑨다고 해도 맞다’고 맞장구칠 기세였다. "이 근처에 겨자 광산(mine)이 큰 게 있지. 여기서 얻는 교훈은 ‘내 몫(mine)이 크면 네 몫이 줄어든다’는 거야.”

"오, 이제 생각났다.” 앨리스는 공작부인의 마지막 말은 듣지도 않고 소리를 질렀다. "겨자는 채소예요. 겉보기에는 채소로 보이지 않지만 채소가 맞아요.”

"네 말에 전적으로 동의해.” 공작부인은 말했다. "여기서 얻는 교훈은 ‘남들 눈에 보이는 사람이 되라’는 것이다. 좀 더 알기 쉽게 말하면, ‘과거의 네가 다른 사람 눈에 다르게 보였더라면 다른 사람들이 네가 될 거라고 생각했던 모습과 다르게 될 수도 있고 되었을 수도 있다고 너 자신을 절대 상상하지 말라’는 거야.”

"받아 적을 수만 있었더라면 무슨 말인지 좀 더 잘 이해

할 수 있었겠지만 귀로 듣기만 해서는 무슨 말인지 알아들을 수가 없네요." 앨리스는 아주 정중하게 말했다.

"이 정도 갖고 뭘 그러나? 내가 마음만 먹으면 제대로 길게 설명할 수 있지." 공작부인은 우쭐거리며 대답했다.

"제발 수고스럽게 이보다 더 길게 설명할 궁리는 하지 마세요." 앨리스는 간청했다.

"수고는 무슨 수고!" 공작부인은 손사래를 쳤다. "지금까지 내가 한 말은 전부 너에게 주는 선물이야."

'허접한 선물이군!' 앨리스는 이런 생각이 들었다. '생일 선물을 이런 말로 때우지 않아서 천만다행이다!' 하지만 앨리스는 이 말을 감히 입 밖으로 내지는 않았다.

"또 딴생각하는 거야?" 공작부인은 뾰족한 작은 턱으로 앨리스의 어깨를 또 한 번 지긋이 누르면서 물었다.

"저도 생각할 권리는 있다구요!" 앨리스는 쏘아붙였다. 조금 걱정되기 시작했기 때문이었다.

"돼지가 하늘로 날아다닐 수 있는 그 정도 권리만 딱 있지. 여기서의 교~"

하지만 앨리스가 깜짝 놀랍게도 공작부인이 가장 좋아하는 '교훈'이란 단어를 내뱉으려는 바로 그 순간 그녀의 목소리가 기어들어갔다. 앨리스의 팔짱을 끼고 있던 그녀의 팔이 떨리기 시작했다. 앨리스가 쳐다보았더니 여왕이 먹구름 낀 하늘처럼 잔뜩 인상을 쓴 채 팔짱을 끼고 두 사람 앞에 서 있었다.

"화창한 날입니다, 여왕 폐하!" 공작부인은 다 죽어가는 목소리로 인사했다.

"지금 너에게 엄중한 경고를 내리겠다." 여왕은 소리치면서 발로 바닥을 쿵 밟으면서 말을 이었다. "당장 꺼지지 않으면 목을 베어버리겠다. 알아서 선택해!"

공작부인은 걸음아 나 살려라 하고 도망을 쳤다.

"경기를 계속 해야지." 여왕이 앨리스에게 말했다. 앨리스는 잔뜩 겁에 질려서 입도 뻥긋 못했지만 마지못해 여왕을 따라서 크로케 경기장으로 느릿느릿 갔다.

다른 초대 손님들은 여왕이 자리를 비운 틈을 타서 그늘에서 쉬고 있었다. 하지만 여왕이 나타난 것을 보자마자 이들은 잽싸게 경기를 재개했고 여왕은 그저 조금만 꾸물거리면 목을 치겠다는 말만 반복했다.

경기하는 내내 여왕은 계속 다른 선수들과 언쟁을 벌이면서 "이놈의 목을 쳐라", "저놈의 목을 쳐라"라고 고함을 쳤다. 사형을 선고받은 사람들은 병사들에게 잡혀 가서 감옥에 갇혔다. 그러다 보니 이 일을 처리하는 병사들은 골대 역할을 그만두고 가버렸고 30분쯤 지나고 나니 남은 골대도 없고 선수들도 사형선고를 받고 감옥에 갇혀버려서 왕과 여왕, 앨리스만 남았다.

그러자 여왕은 경기를 그만두고 숨을 헐떡거리면서 앨리스에게 물었다. "가짜 거북이 본 적 있느냐?"

"본 적이 없을 뿐만 아니라 가짜 거북이 무엇인지도 모릅니다." 앨리스가 대답했다.

"'가짜 거북이 수프' 만드는 재료다."

"듣도 보도 못한 것입니다."

"그럼, 따라와. 가짜 거북이가 자기 이야기를 해줄 것이다."

이들은 함께 걸어가면서 앨리스는 왕이 주위 사람들에게 작은 목소리로 말하는 것을 들었다. "너희들은 모두 사면되었다." 그 말을 듣고 앨리스는 혼잣말을 했다. '그렇지, 그거 참 잘되었네!' 여왕이 사형 선고를 너무 많이 내려서 마음이 참 불편했었다.

일행은 얼마 안 가서 햇빛을 받으며 곤히 자고 있는 그리핀과 마주쳤다. (그리핀을 모른다면 오른쪽 페이지 그림을 참조하라.) "일어나, 세으름뱅이야! 이 소녀 숙녀를 가짜 거북이에게 데려다 주거라. 넌 가서 가짜 거북이의 이야기를 들

어봐. 나는 돌아가서 내가 내린 사형선고가 어떻게 진행되었는지 살펴보아야겠다." 여왕은 앨리스를 그리핀에게 혼자 남겨두고 사라졌다. 앨리스는 이 괴물의 생김새가 맘에 썩 드는 것은 아니었지만 따져보면 잔혹한 여왕을 따라가는 것보다는 여기 있는 게 더 안전할 것 같은 느낌이 들어서 가만히 기다렸다.

그리핀은 일어나 앉더니 눈을 비비고 여왕이 시야에서 사라질 때까지 그녀를 지켜보았다. 그러더니 그리핀은 낄낄 웃으며 말했다. "재미있네!" 혼잣말인지 앨리스에게 하는 말인지 중얼거렸다.

"뭐가 재미있어요?" 앨리스가 궁금해했다.

"여왕이 하는 짓이." 그리핀이 대답했다. "이게 다 여왕의 머릿속에서만 벌어진 일이야. 아무도 처형된 사람은 없어. 따라와!"

'여기서는 개나 소나 '따라와!' 하고 명령이야.' 앨리스는 이런 생각을 하며 그를 천천히 따라갔다. '지금까지 살면서 여기처럼 이래라 저래라 명령하는 데는 정말 없었어.'

조금 가다 보니까 멀리 가짜 거북이가 작은 너럭바위에 혼자 쓸쓸히 앉아 있는 게 보였다. 가까이 다가가자 가짜 거북이가 땅이 꺼지게 한숨을 쉬는 소리가 들렸다. 앨리스는 그에게 깊은 연민을 느꼈다. "왜 저렇게 슬퍼하죠?" 앨리스가 그리핀에게 묻자 그의 대답은 아까 했던 말과 거의 똑같았다. "다 혼자 상상하는 거라니까. 슬퍼할 일 같은 건 하나도 없단 말이지. 자, 따라와!"

가짜 거북이가 있는 바위 위로 올라가자 가짜 거북이는 눈물이 그렁그렁한 큰 눈으로 이들을 바라보기만 할 뿐 아무 말도 하지 않았다.

"여기 이 꼬마 숙녀가 네가 살아온 인생 이야기를 듣고 싶어서 여기 왔다네. 정말이야."

"해주지." 가짜 거북이는 깊은 한숨을 쉬며 말했다. "둘 다

앉아. 내가 이야기를 마칠 때까지 한마디도 하면 안 돼."

그래서 둘은 자리에 앉았지만 한참 동안 아무도 입을 열지 않았다. 앨리스는 혼자 생각했다. '시작도 하지 않은 이야기를 어떻게 끝낼 수가 있을까?' 하지만 앨리스는 꾹 참고 기다렸다.

"예전에는 내가 진짜 거북이였단다." 가짜 거북이는 깊은 한숨을 쉬며 마침내 이야기를 시작했다.

이 말이 있고 나서 아주 오래 침묵이 흘렀다. 가끔 그리핀이 '크윽' 내뱉는 신음소리와 가짜 거북이의 끊임없는 흐느낌 소리만이 침묵을 깼다. 앨리스는 일어나 "재미있는 말씀 잘 들었습니다" 하고 작별인사를 한 뻔했지만 분명히 이어지는 이야기가 있을 것 같아서 가만히 앉아 아무 말도 하지 않았다.

"어릴 적에," 가짜 거북이는 마침내 조금 차분하게 말을 이었는데 여진히 가끔 흐느끼긴 했다. "우리는 바나에 있는 학교에 다녔지. 선생님은 어른 거북이였는데 우리는 그 선생님을 '뭍거북이'라고 불렀지—"

"선생님이 뭍에 사는 것도 아닌데 왜 뭍거북이 선생님이라고 불렀죠?"

"우리의 물음에 답해주시니까 뭍거북이 선생님이라고 불렀지. 넌 정말 아주 멍청하구나." 가짜 거북이는 벌컥 화를 냈다.

"그런 하나 마나 한 질문을 한 데 대해서 부끄러운 줄 알아야 해." 그리핀까지 핀잔을 하고서 말없이 앉아서 앨리스를 쳐다보는 바람에 앨리스는 땅속으로 꺼지고 싶었다. 마침내 그리핀은 가짜 거북이에게 말했다. "계속해, 친구! 그것 가지고 온종일 따질 건가!" 그리고 이어지는 이야기를 들었다.

"그러지, 우리는 바닷속 학교에 다녔지. 내 말 믿지 않겠지만—" "안 믿는다고 말한 적이 없는데요." 앨리스는 끼어들었다'.

"그랬잖아." 가짜 거북이가 말했다. "입 다물어." 앨리스가 다시 입을 열기 전에 그리핀이 선수를 쳤다. 가짜 거북이는 이야기를 이어갔다.

"우리는 최고의 교육을 받았어. 실제로 매일 학교에 갔지—"

"저도 주간학교에 다녔어요. 그렇게 자랑할 일인가요?"

"방과 후 프로그램도?" 가짜 거북이는 약간 초조한 표정으로 물었다.

"있었죠. 우리는 프랑스어와 음악을 배웠어요."

"세탁도 배웠니?" 가짜 거북이가 물었다.

"그딴 걸 왜 배워요!" 앨리스는 화난 듯이 대답했다.

"그래! 그럼 너네 학교는 정말 좋은 학교는 아니야." 가짜 거북이는 크게 안도한 듯이 말했다. "우리 학교 학비 청구

서에는 '프랑스어, 음악, 세탁 — 보충수업' 항목이 있었어.''

"바다 밑에 살면서 세탁할 일이 뭐가 있겠어요?" 앨리스는 반박했다.

"난 방과 후 프로그램을 배울 형편이 못 되어서 정규과정만 배웠어." 가짜 거북이는 한숨을 쉬면서 말했다.

"정규수업은 어떤 게 있었어요?" 앨리스가 질문했다.

"처음에는 당연히 목 당겼다가 늘리기, 몸통 흔들기를 배우고 수학의 세부 분야를 배우지. 목표 세우기, 정신 산만하게 하기, 추화, 조롱 같은 과정을 배우지."

"'추화'란 말은 처음 듣는데 무슨 뜻인가요?" 앨리스는 감히 질문을 했다.

그리핀은 놀라서 앞 발톱을 들고 소리를 질렀다. "뭐라고? 추화를 들어본 적이 없다니! 그래도 미화는 뭔지 알겠지?"

"그건 알죠. 무엇이든— 더 아름답게— 만든다는— 뜻이죠." 앨리스는 더듬더듬 대답했다.

"그걸 아는 사람이 추화를 모른다면 넌 완전 밥통이다."

앨리스는 여기에 관해 추가 질문을 할 용기가 나지 않아서 가짜 거북이를 바라보면서 말했다. "또 뭘 배워야 했니요?"

"음, 추리 과목이 있었지." 가짜 거북이는 앞 갈퀴로 과목 숫자를 세면서 대답했다. "고대 추리와 현대 추리, 해양지리학이 있었지. 그다음에 느리게 말하기를 배웠어. 느리게 말하기 선생님은 붕장어 어른이었는데 일주일에 한번 오셔서 느리게 말하기, 스트레칭하기, 웅크려서 기절한 척하기를 가르치셨지."

"그건 어떻게 하는 건가요?" 앨리스가 질문했다.

"글쎄, 그건 내가 시범을 보일 수 없단다. 난 몸이 너무 뻣뻣해서 못하고 그리핀은 배운 적이 없으니까." 가짜 거북이가 대답했다.

"배울 시간이 없었다. 나는 고전 선생님에게 배우러 갔거든. 늙은 게가 가르치셨지." 그리핀이 말했다.

"나는 그 선생님에게 배운 적 없어. 고전 선생님은 해학을 가르치셨다고 들었어." 가짜 거북이가 한숨을 쉬며 말했다.

"맞아, 그 선생님은 해학을 가르치셨지." 이번에는 그리핀이 한숨을 쉬며 말했다. 둘 다 한숨을 쉴 때마다 앞발로 얼굴을 가렸다.

"그런데 하루 수업 시간은 몇 시간이었나요?" 앨리스는 화제를 바꾸는 차원에서 황급히 질문했다.

"첫날에 10시간, 다음 날에 9시간, 이런 식으로 한 시간씩

줄었지." 가짜 거북이가 대답했다.

"참 기이한 수업 시간표네요!" 앨리스는 감탄했다.

"그러니까 수업(lesson)이라고 하지. 하루하루 지날수록 수가 줄어드니까(lessen)." 그리핀이 덧붙여 설명했다.

앨리스는 이런 생각을 해본 적이 없어서 다음 말을 하기 전에 이 말의 의미를 곱씹어 보았다. "그럼 11번째 날은 쉬는 날이겠네요?"

"당연하지." 가짜 거북이가 맞장구를 쳤다.

"그럼 12번째 날은 어떻게 지내나요?" 앨리스는 진지하게 질문을 이었다.

"수업 이야기는 이쯤하고 이제 놀이에 대해서 앨리스에게 이야기해주지." 그리핀은 아주 단호한 어조로 말을 끊었다.

바닷가재 카드리유

가짜 거북이는 한숨을 푹 쉬고 한쪽 앞발 등으로 눈을 가렸다. 그는 앨리스를 바라보며 뭔가 말하려고 애썼지만 흐느끼느라 한참 동안 목소리가 잠겼다. "목에 가시가 걸린 것 같아." 그리핀이 이렇게 말하더니 가짜 거북이를 흔들며 등을 두드리기 시작했다. 그제야 목소리를 되찾은 가짜 거북이는 뺨 위로 눈물을 줄줄 흘리며 하던 이야기를 이었다.

"너는 바다 밑에서 오래 살지 않아서—"("전 바다 밑에서 산 적이 없어요." 앨리스가 대답했다) — "바닷가재와 인사를 나눈 적도 없겠지만"("한번 맛을 본 적은 있어요"라고 앨리스가 얼떨결에 대답하려 했다가 급히 입을 다물고는 "아뇨, 만난 적 없어요"라고 대답했다.) "그러니 바닷가재의 카드리유가 얼마나 재미있는 춤인지 알 리가 있겠어!"

"전혀 모르죠. 어떤 춤인가요?" 앨리스가 물었다.

"먼저 해안을 따라 한 줄로 서야 되지—" 그리핀이 대답했다.

"아니야, 두 줄이지! 바다표범, 거북이, 연어 등과 함께. 그런 다음에 해파리를 전부 치우면 —" 가짜 거북이가 소리를 질렀다.

"그러려면 시간 꽤나 걸리지." 그리핀이 끼어들었다.

"—두 걸음 나가고—"

"각자 바닷가재와 짝을 이루고!" 그리핀이 소리를 질렀다.

"옳거니, 두 걸음 나가고 짝을 잡고—"

"—짝을 바꾸고, 앞으로 가던 식으로 뒤로 빠지면서 추는 춤이지." 그리핀이 설명을 이었다.

"그런 다음에 던지는 거잖아—" 가짜 거북이가 말을 이었다.

"그렇지, —바닷가재를 최대한 바다로 멀리 던져야지—" 그리핀이 펄쩍 뛰어오르면서 소리쳤다.

"바닷가재를 따라가며 헤엄을 쳐." 그리핀이 소리쳤다.

"바닷속에서 공중제비를 돌아." 가짜 거북이가 깡총깡총
뛰면서 소리 질렀다.

"짝 다시 바꾸기!" 그리핀이 목청껏 소리 질렀다.

"해변으로 다시 올라가면 춤 한 동작이 끝나는 거지." 갑
자기 목소리를 낮추며 가짜 거북이는 말을 마쳤다. 춤 설명

하는 내내 미친 듯이 깡총깡총 뛰던 둘은 무슨 걱정이 있는 지 말없이 앉아서 앨리스를 바라보았다.

"정말 예쁜 춤이겠네요." 앨리스는 조심스럽게 말했다.

"이 춤 맛보기로 좀 볼래?" 가짜 거북이는 물었다.

"저야 너무 좋죠." 앨리스가 말했다.

"자, 춤 첫 동작을 한번 해보자." 가짜 거북이 그리핀에게 말했다. "바닷가재가 없어도 춤을 출 수 있잖아. 노래는 누가 부를래?"

"노래는 네가 불러. 나는 가사가 생각 안 나." 그리핀이 말했다.

그러고 나서 둘은 앨리스 주변을 돌면서 진지하게 춤을 추기 시작했고 너무 가까이 다가서면서 가끔 앨리스의 발을 밟았고 앞발을 흔들며 박자를 맞추었다. 가짜 거북이는 춤에 맞추어 아주 느리고 구슬픈 노래를 불렀다. ―

"좀 더 빨리 걷지 않을래?" 대구가 달팽이에게 말했어.

우리 바로 뒤에서 돌고래가 내 꼬리를 밟고 있잖아.

바닷가재와 거북이가 얼마나 열심히 앞으로

니기는지 봐

해변 조약돌 위에서 기다리고 있어 ―

함께 춤추지 않을래?

출래, 안 출래, 출래, 안 출래, 같이 춤출래?

출래, 안 출래, 출래, 안 출래, 같이 춤추지 않을래?

"얼마나 신나는지 네가 그 재미를 어떻게 알겠니

쟤들이 바닷가재와 함께 우리를 들어서

바다로 던질 때 말이야!"

하지만 달팽이 흘겨보면서 대답했지.

"너무 멀어, 너무 멀어!" —

달팽이는 대구의 호의는 고맙지만 함께

춤추지는 않으려고 해.

안 출 거야, 출 수 없어, 안 출 거야, 출 수 없어,

같이 춤추지 않을 거야.

안 출 거야, 출 수 없어, 안 출 거야, 출 수 없어,

같이 춤출 수 없어.

"멀리 간다고 뭐가 문제야?"

비늘이 있는 대구가 대답했다.

"바다 건너편에도 해변이 있잖아.

영국에서 멀어질수록 프랑스에 가까워지잖아 —

그러니 겁먹지 마, 사랑스런 달팽이야,

이리 와서 함께 춤추자.

출래, 안 출래, 출래, 안 출래, 같이 춤출래?

출래, 안 출래, 출래, 안 출래, 같이 춤추지 않을래?"

"구경하는 것만으로도 너무 재미있는 춤을 보여줘서 고마워요."

마침내 춤이 끝나는 것 같아서 너무 반가운 기분에 앨리스가 말했다.

"대구를 노래한 재미있는 노래가 정말 맘에 들어요."

"불론 너도 대구를 본 적이 있겠지?" 가짜 거북이가 물었다.

"물론 종종 보죠, 저녁식—"이라고 앨리스는 말을 하다가 황급히 말을 끊었다.

"저녁식이 어디인지 모르겠지만 그렇게 자주 대구를 보았다면 대구가 좋아하는 게 뭔지는 당연히 알겠지." 가짜 거북이가 말했다.

"알 것 같아요. 대구는 꼬리가 입 안에 있고, 몸통에 빵가루 범벅이었어요."

앨리스는 신중하게 대답했다.

"빵가루는 잘못 안 것이다." 가짜 거북이 대답했다. "빵가루는 바닷속에서는 다 씻겨 떨어져. 대구의 꼬리는 입 안에 있는데 그 이유는—" 이 말을 하다가 가짜 거북이는 하품을 하면서 눈을 감았다. "그건 왜 그런지는 네가 설명해줘." 가짜 거북이는 그리핀에게 부탁했다.

"그 이유는 말이야, 대구가 바닷가재와 함께 춤을 추러 가기 때문이야. 그래서 대구는 바다로 던져지는데 아주 멀리 떨어져야 하거든. 그래서 입 안에 꼬리를 빨리 넣어야 해. 그러고는 꼬리를 다시 빼내지 못하게 되어서 그렇게 된 거야." 그리핀이 대신 이야기를 이어갔다.

"설명해줘서 고마워요. 아주 재미있는 이야기네요. 설명을 듣기 전에는 대구에 대해서 아는 게 별로 없었거든요." 앨리스가 말했다.

"원한다면 더 자세히 이야기해줄 수 있어. 왜 대구를 대구라고 부르는지는 아니?" 그리핀이 물었다.

"그건 궁금하게 생각해본 적도 없는데요. 왜 그런 거죠?" 앨리스가 말했다.

"구두닦이 하기 때문이야." 그리핀이 아주 진지하게 대답했다.

앨리스는 너무 어리둥절했다. "구두닦이 한다구요?" 앨리스는 반문했다.

"왜, 넌 뭘로 구두를 닦아? 뭘로 광을 내느냐는 거지?" 그리핀이 물었다.

앨리스는 신발을 내려다보면서 대답을 하기 전에 잠시 고민했다.

"구두약으로 광을 내죠."

"바닷속에서는 구두약 대신 대구로 하얗게 광을 낸단다. 이제 이해하겠지." 그리핀은 굵은 목소리로 설명을 이었다.

"그럼 뭘로 닦나요?" 앨리스는 너무 궁금하다는 투로 물었다.

"그야 혀가자미로 솔질하고 뱀장어로 광을 내지. 아무 새우에게 물어도 그 정도는 알겠다." 그리핀은 답답하다는 투로 대답했다.

"내가 만약 대구였다면 돌고래에게 '꺼져. 우리는 너랑 있기 싫어!'라고 말했을 거예요." 앨리스는 아직도 속으로는 노래를 흥얼거리면서 말했다.

"대구라면 당연히 돌고래와 함께 따라다녀야지. 똑똑한 물고기라면 돌고래 없이는 아무데도 안 간다구." 가짜 거북이가 말했다.

"그게 정말인가요?" 앨리스는 깜짝 놀란 듯이 물었다.

"당연히 안 가지. 왜냐고? 어떤 물고기가 나에게 와서 멀리 떠날 계획이라고 말한다면 '어떤 돌고래(porpoise)와 함께 갈 생각이니?'라고 질문하게 되거든." 가짜 거북이가 말했다.

"'목적지(purpose)'를 물어야 되는 게 아닌가요?" 앨리스가 반문했다.

"무슨 뚱딴지 같은 소리야." 가짜 거북이는 기분 나쁜 투로 핀잔을 주었다. 그리핀이 한 마디 거들었다. "그만하고 앨리스의 모험 이야기나 좀 들어볼까?"

"오늘 아침부터 시작된 제 모험 이야기를 들려드릴 수 있어요. 어제로 돌아가서 이야기하는 것은 아무 의미가 없겠네요. 어제의 저는 아주 딴사람이었으니까요." 앨리스는 조금 더듬거리며 말했다.

"알아들을 수 있게 상세히 말해봐." 가짜 거북이가 말했다.

"뭘 다 이야기해. 모험 이야기부터 해줘. 자초지종 다 밝히다가는 날 새겠다." 그리핀이 보챘다.

그래서 앨리스는 흰 토끼를 처음 본 순간 이후로 겪은 자신의 파란만장한 이야기를 들려주기 시작했다. 둘이서 너무 바짝 다가서서 눈을 똥그랗게 뜨고 입을 헤벌쭉 벌리고 있어서 앨리스는 처음에는 신경이 거슬러서 더듬더듬 말하다가 점차 용기를 얻고 이야기를 풀어갔다. 둘이서 입도 뻥긋하지 않고 조용히 이야기에 귀를 기울였기 때문이었다. 이야기는 애벌레에게 읊었던 〈아버지 윌리엄, 당신은 늙었어요〉라는 시를 이들에게 들려주는 부분에 이르렀는데 시가 전부 틀리는 바람에 가짜 거북이가 한숨을 푹 쉬더니 "내가 아는 시하고는 너무 다른데" 하고 처음으로 입을 열었다.

"어떻게 달라도 이렇게 다를 수 있지." 그리핀도 지적했다.

"전부 틀렸어." 가짜 거북이는 신중하게 결론지었다.

"지금 앨리스가 시 한 구절을 다시 읊는 것을 들어봐야겠어. 앨리스에게 암송 시작하라고 시켜." 가짜 거북이는 그리폰이 앨리스의 선생님이라고 생각하는 것처럼 그리폰을 쳐다보며 시켰다.

"자리에서 일어나 〈이건 게으름뱅이 목소리다〉 부분 암송해봐." 그리핀이 명령했다.

'아니 어떻게 이것들이 나보고 배운 것을 암송하라고 명령할 수 있지. 차라리 당장 학교에서 수업 듣는 게 낫겠다'라고 앨리스는 속으로 생각했다. 하지만 앨리스는 일어서서 그 시를 암송하기 시작했는데 머릿속에는 바닷가재의 카드리유 춤에 대한 생각뿐이어서 자신이 무슨 말을 하고

있는지 모를 지경이었기에 입에서 나온 시구는 아주 엉망
진창이었다. —

"이것은 바닷가재의 목소리이다. 바닷가재가 이렇게
선언하는 것을 들었다.
"너무 갈색으로 구웠잖아, 머리에 설탕을 뿌려야 해."
오리가 눈썹으로 벨트와 단추를 채우고 발가락을
꺼내듯이
바닷가재는 코로 하지.

[나중에 바뀐 부분은 이렇게 이어진다]
모래사장이 모두 마르면 바닷가재는 종달새처럼
흥겨워하고
상어 따위는 우습다고 지껄이게 되지만
썰물이 들고 상어가 다시 나타나면
목소리는 겁에 질려 파르르 떨게 되지."

"내가 어릴 때 읊던 구절하고는 완전 딴판인데." 그리핀
이 말했다.
"음, 생전 처음 듣는 시이지만 이건 말도 안 돼." 가짜 거

북이가 말했다.

앨리스는 아무 말없이 얼굴을 손에 파묻고 앉아서 한 번 더 이 상황에서 자연스럽게 빠져나올 수 있는 무슨 일이든 벌이지면 어떨까 생각했다.

"무슨 일인지 해명이 있었으면 하는데." 가짜 거북이가 말했다.

"앨리스가 해명하긴 힘들지. 다음 구절 계속 읊어." 그리핀이 급히 입막음을 했다.

"하지만 발가락을 어떻게 한다고? 도대체 코로 발가락을 꺼낸다는 게 말이 돼?" 가짜 거북이는 집요하게 물고 늘어졌다.

"춤에서 준비 자세입니다." 앨리스는 핑계를 댔지만 전체적으로 뒤죽박죽이어서 화제를 바꾸고 싶은 마음이 간절했다.

"다음 구절 시작해. '그의 정원을 지나갔네'로 시작하는 구절이야." 그리핀은 조급하게 재촉했다.

앨리스는 틀리게 암송할 게 뻔하다는 예감이 들었지만 감히 명령을 어기지 못해서 떨리는 목소리로 암송을 시작했다.—

"나는 그의 정원을 지나가다가
올빼미와 표범이 파이 하나를 어떻게 나누어 먹는지
한 눈으로 파악했다.

　

[나중에 바뀐 부분은 이렇게 이어진다]
표범은 바삭한 파이 빵, 소스와 고기를 차지하고
올빼미는 이 간식의 자기 몫으로 접시를 가져가네.
파이를 다 먹고 나서 올빼미는 기념품으로
스푼을 호주머니에 넣어가도 된다는 윤허를 받고
표범은 으르렁거리며 나이프와 포크를 받고 연회를
끝냈네.—"

"이런 엉터리를 암송하는 게 무슨 소용이 있겠어. 암송하면서 해설을 해주지 않는다면 말이야. 살다 살다 이렇게 말도 안 되는 시를 들어본 적이 없어!"

"그래, 이쯤에서 마치는 게 나을 것 같아." 그리핀이 제지하자 앨리스는 말은 안 해도 간절히 바라던 바여서 냉큼 그만두었다.

"바닷가재의 카드리유 춤의 다음 안무를 배워볼까? 아니면 가짜 거북이가 노래 한 곡을 불러주면 좋을까?" 그리핀이 말했다.

"가짜 거북이님이 괜찮으시다면 노래 한 곡 불러주세요." 앨리스가 간청하자 그리핀은 기분 나쁜 투로 이렇게 말했다. "흠! 취향은 고려하지 않겠어. 앨리스에게 〈거북이 수프〉 불러주겠나, 친구?"

가짜 거북이는 땅이 꺼져라 한숨을 쉬며 흐느끼느라 가끔 목이 메이면서도 이 노래를 부르기 시작했다.

"맛있는 수프, 진한 초록빛 수프가

따뜻한 그릇에 나와요!

앙증맞은 수프를 보면 코를 박고 먹게 되지요!

저녁의 수프, 맛있는 수프!

저녁의 수프, 맛있는 수프!

맛—있는 수—프,

맛—있는 —수프!

저—녁의 수—프,

맛있고 맛있는 수프!"

"맛있는 수프! 누가 생선을 먹으려 할까,

고기나 다른 요리를 더 좋아할까요?

2페니짜리 맛있는 수프를 먹을 수 있다면

다른 요리를 포기하지 않을 사람이 누가 있을까요?

맛—있는 수—프!

맛—있는 수—프!

저—녁의 수—프,

맛있고, 맛—있는 수프!"

"후렴 한 번 더!"라고 그리핀이 소리치자 가짜 거북이가 막 다시 부르려고 하는데 멀리서 '재판이 시작된다!'는 고함 소리가 들려왔다.

"가자!" 그리핀이 소리치면서 앨리스의 손을 잡고 노래를 마치는 것을 기다리지 않고 급히 사라졌다.

"무슨 재판이에요?" 앨리스는 달리면서 헐떡거리며 물었지만 "어서 가자!"는 대답만 하고 더 빨리 달렸다. 두 사람의 뒷편에서 불어오는 바람결을 따라 구성진 가사 소리가 점점 멀어지고 있었다.

"저—녁의 수—프,

맛있고 맛있는 수프!"

누가 타르트를 훔쳤을까?

도착해보니 왕과 여왕은 왕좌에 앉아 있고 그 주위로 트럼프 카드 한 벌은 물론 온갖 작은 새와 짐승을 비롯해 엄청난 군중들이 모여 있었다. 그들 앞에는 사슬에 묶인 하트 잭이 서 있었고 병사 둘이 양옆에서 그를 호위하고 있었다. 왕 곁에는 흰 토끼가 한 손에 트럼펫을, 다른 손에는 두루마리 양피지를 들고 있었다. 법정 한가운데 탁자 하나가 놓여 있고 탁자 위에는 타르트를 담은 큰 접시가 놓여 있었다. 타르트가 얼마나 먹음직스러워 보이는지 앨리스는 몹시 배가 고파졌다. ─'재판을 마치고 간식으로 나누어주면 얼마나 좋을까' 하는 생각이 들었다. 하지만 그럴 가능성은 전혀 없는 것 같아서 앨리스는 주변을 하나하나 둘러보면서 무료한 시간을 때웠다.

앨리스는 태어나서 법정에 처음 왔지만 책에서 재판 이야기를 많이 읽어서 그런지 법정 용어가 거의 다 생각나서 꽤나 뿌듯했다. '저 사람이 재판관이겠군, 큰 가발을 쓰고 있으니까.' 앨리스는 혼잣말을 했다.

여담이지만 재판관은 왕이었는데 가발 위에 왕관을 쓰고 있어서 아주 불편해 보일 뿐 아니라 전혀 어울리지도 않았다.

'저것은 배심원석이고 저기 12명의 생물(앨리스는 배심원들 중에 일부는 동물이고 일부는 새여서 '생물'이라는 용어를 사용할 수밖에 없었다)은 배심원일 거야.' 앨리스는 생각했다. 배심원이라는 단어를 두세 번 혼잣말로 하면서 이런 전문 용어를 아는 게 내심 뿌듯했다. 자기 또래 여자아이들 중에 배심원이 무슨 의미인지 아는 애들은 거의 없다는 생각이 들었는데 그것은 과히 틀린 생각이 아니었기 때문이었다. 하지만 '배심원단'이라고 했어도 맞는 말이었다.

12명의 배심원은 서판에 뭔가를 열심히 쓰고 있었다. "뭘 쓰는 걸까요?" 앨리스는 그리핀에게 귓속말로 물었다. "아직 재판 전이니 적을 내용이 아무것도 없을 텐데요."

"자기 이름을 적고 있잖아. 재판이 끝나면 자기 이름이 기억나지 않을까 두려운 거지." 그리핀도 귓속말로 대답했다.

"멍청한 것들!" 앨리스는 화를 내며 소리를 지르다가 얼른 입을 다물었다. 흰 토끼가 "법정에서 정숙해주세요!" 하고 소리치고 왕은 안경을 끼고 법정을 찬찬히 훑어보면서 말하는 사람이 누군지 찾아내려고 했기 때문이었다.

앨리스는 배심원들의 어깨 너머로 보기라도 한 것처럼 배심원들이 모두 자기 석판에 '멍청한 것들!'이라고 쓰는 것을 알 수 있었고, 심지어 배심원 중 한 사람은 '멍청한'을 어떻게 쓰는지 몰라서 옆 사람에게 철자를 물어보는 것도 알 수 있었다. '재판이 끝나기도 전에 석판이 엉망이 되겠어!' 앨리스는 생각했다.

배심원 한 사람은 연필로 쓰면 '끽' 하는 시끄러운 소리가 났다. 앨리스는 이 소리를 견디지 못하고 법정을 돌아서 그 배심원 등뒤로 가서 바로 기회를 포착해 연필을 빼앗았다. 앨리스가 이 일을 감쪽같이 해치우는 바람에 이 불쌍한 어린 배심원(도마뱀 빌이었다)은 무슨 일이 벌어진 것인지 눈치채지도 못했다. 도마뱀은 연필을 한참 찾다가 포기하고 그때부터 온종일 손가락으로 글씨를 쓸 수밖에 없었다.

그래 봤자 손가락으로 석판에 쓸 수 없으니까 아무 소용없는 짓이었다.

"전령은 공소장을 낭독하라!" 왕이 명령했다.

공소 사유를 낭독하기에 앞서 흰 토끼는 트럼펫을 세 번 불더니 양피지 두루마리를 펼쳐 들고 다음과 같이 낭독했다.

"어느 여름날 내내
하트 여왕이 타르트를 만들었는데
하트 잭이 그 타르트를 훔쳐서
멀리 달아나버렸다!"

"평결을 내려라!" 왕이 배심원단에 요구했다.

"아직 아닙니다. 아직은 아닙니다!" 흰 토끼가 급히 중재했다. "평결을 내리기 전에 거쳐야 할 절차가 많이 남아 있습니다!"

"첫 번째 증인을 세워라." 왕이 명령하자 흰 토끼는 트럼펫을 세 번 불고 소리쳤다. "첫 번째 증인 입장!"

첫번째 증인은 모자 장수였다. 모자 장수는 한 손에 찻잔을 들고 다른 손에는 버터 바른 빵 한 쪽을 들고 입장했다. "폐하, 용서를 빕니다. 호출을 받았을 때 다과회 중이어서 이렇게 먹던 것을 들고 오게 되었습니다."

"법정에 음식은 반입 금지다. 다과회를 언제 시작하였느냐?" 왕이 물었다.

모자 장수는 겨울잠 쥐와 팔짱을 끼고 법정에 따라 들어온 3월 토끼를 바라보았다. "3월 14일로 알고 있습니다." 모자 장수가 대답했다.

"15일입니다." 3월 토끼가 말했다.

"16일입니다." 겨울잠 쥐가 정정했다.

"날짜를 기록하라." 왕이 배심원단에 명령하자 배심원단은 세 개의 날짜를 모두 석판에 열심히 적어놓고 합산한 다음 3실링 9페니라고 돈으로 환산했다.

"모자를 벗어라." 왕은 모자 장수에게 명령했다.

"제 모자가 아닙니다." 모자 장수가 대답했다.

"훔친 것이군!" 왕은 배심원단을 돌아보며 소리를 지르자 배심원단은 이 진술을 바로 기록했다.

"팔려고 갖고 다닙니다. 제 모자는 하나도 없습니다. 저는 모자 장수입니다." 모자 장수는 보충 설명을 했다.

이쯤에서 여왕이 안경을 쓰고 모자 장수를 노려보기 시자하자 모자 장수는 얼굴이 잿빛으로 바뀌면서 안절부절 못했다.

"증거를 내놓아라. 겁먹지 마라. 안 그러면 바로 처형할 것이다." 왕이 명령했다.

왕의 말에도 증인은 전혀 마음의 안정을 얻지 못하고 계속 발을 동동 구르며 여왕의 눈치를 흘깃흘깃 보느라 버터 바른 빵을 먹으려다가 찻잔을 한입 덥석 물고 말았다.

바로 그 순간 앨리스는 아주 기이한 느낌이 들었다. 처음에 너무 당혹스러웠지만 이내 왜 그런 느낌을 갖게 되었는지 알게 되었다. 앨리스는 다시 몸이 커지기 시작해서 일어나서 법정을 나가야 할 것 같은 생각이 처음에는 들었다. 다시 생각해보니 자기가 머물 수 있는 공간이 있다면 최대한 오래 남아 있기로 마음먹었다.

"너무 밀치지 않았으면 좋겠어. 숨을 쉴 수가 없어." 앨리스 옆자리에 앉은 겨울잠 쥐가 항변했다.

"나도 어쩔 수 없어요. 몸이 커지고 있어요." 앨리스는 얌전히 변명했다.

"여기서는 커질 권리가 없어." 겨울잠 쥐가 면박을 줬다.

"말도 안 되는 말씀 마세요. 선생님도 몸이 자라고 있잖아요." 앨리스는 조금 대담하게 받아쳤다.

"자라기야 자라지만 그것도 어느 정도라는 게 있지. 이처럼 무지막지하게 크진 않아." 겨울잠 쥐는 아주 씩씩거리면서 일어나 다른 쪽으로 자리를 옮겼다.

여왕은 모자 장수를 계속 노려보고 있다가 겨울잠 쥐가 자리를 옮기는 그 순간 법정 호송관 한 사람에게 말했다. "지난 음악회에서 노래 불렀던 가수들의 명단을 가져오라!" 이 명령에 불쌍한 모자 장수는 사시나무 떨듯이 벌벌 떨다가 신발 두 짝이 떨어지고 말았다.

"증거를 내놔라. 그렇지 못하면 네가 떨든 말든 처형하겠다." 왕은 화를 내며 다시 말했다.

"폐하, 저는 불쌍한 사람입니다. 저는 차에 입도 대지 못했습니다 — 일주일 넘게 못 마셨고— 버터 바른 빵은 자꾸 얇아지고— 차는 반짝반짝(twinking)—하고."

"뭐가 반짝 반짝한다고?" 왕이 물었다.

"티(tea)로 시작합니다." 모자 장수가 대답했다.

"반짝반짝은 T로 시작한다는 것은 삼척동자도 알지! 왕을 바보로 알고 있는가? 계속 증언하라!" 왕은 예리하게 지적했다.

"저는 불쌍한 사람입니다. 대부분은 마시고 나면 반짝인다고 — 3월 토끼가 그랬습니다—"

"진 그린 밀을 한 적 없습니다." 3월 토끼가 허둥지둥 끼어들었다.

"말했잖아!" 모자 장수가 반박했다.

"사실이 아닙니다!" 3월 토끼가 다시 반박했다.

"3월 토끼가 부인하므로 이 진술은 채택하지 마라." 왕이
처분을 내렸다.

"어쨌든 겨울잠 쥐가 말했어요—" 모자 장수는 진술을 이

어가면서 겨울잠 쥐도 이를 부인하는지 살피려고 초조하게 둘러보았지만 겨울잠 쥐는 정신없이 자고 있어서 아무것도 부인하지 않았다.

"그 이후에 저는 버터 바른 빵을 더 잘랐습니다—"

"겨울잠 쥐가 무슨 말을 하였는가?" 한 배심원이 질문했다.

"무슨 말을 했는지 기억나지 않습니다." 모자 장수가 대답했다.

"반드시 기억해야 한다. 기억하지 못하면 너를 처형하겠다." 왕이 주의를 주었다.

불쌍한 모자 장수는 찻잔과 버터 바른 빵을 바닥에 떨어뜨리고 바닥에 무릎을 꿇었다. "폐하, 저는 정말 불쌍한 (poor) 사람입니다." 모자 장수는 애원하기 시작했다.

"말주변도 참 없구나(poor)!" 왕이 말했다.

이 시점에 기니피그 한 마리가 환호성을 지르는 바람에 법정 호송관이 이를 제압했다. ('제압'은 좀 어려운 용어이기에 어떻게 조치를 취했는지 간략히 설명하겠다. 호송관들은 입구를 묶을 수 있는 끈이 달린 커다란 자루를 갖고 있었다. 기니피그를 머리부터 자루에 넣은 다음 그 위에 올라탄다.)

'이런 조치를 어떻게 취하는지 직접 봐서 다행이다.' 앨리스는 생각했다. '신문을 보면 재판이 끝나면 "박수와 환호성이 터져서 법정 호송관에 의해 즉시 제압되었다"는 보도가 심심찮게 나오는데 이게 무슨 의미인지를 전혀 몰랐는데 이제 알겠어.'

"증언할 내용이 더 없다면 내려가도 좋다." 왕이 말을 이었다.

"저는 더 이상 내려갈 수 없습니다. 지금 보는 바와 같이 바닥에 무릎 꿇고 있습니다." 모자 장수가 말했다.

"그럼 자리에 가서 앉아라." 왕이 대답했다.

이쯤에 다른 기니피그가 소란을 피워서 제압당했다.

'잘됐어, 이로써 기니피그는 정리되었어!' 앨리스는 생각했다. "이제부터 원만하게 재판이 진행되겠어."

"저는 남은 차를 다 마시도록 하겠습니다." 모자 장수는 이 말을 하면서 가수 명단을 훑어보고 있던 여왕의 눈치를 초조하게 살폈다.

"나가도 좋다." 왕이 명령하자 모자 장수는 신발을 챙겨 신지도 못한 채 허둥지둥 법정을 떠났다.

"— 나가서 저 놈의 목을 베라." 여왕이 호송관 한 명에게 명령을 내렸지만 호송관이 문 밖으로 나갔을 때는 모자 장수는 사라지고 눈에 보이지 않았다.

"다음 증인을 불러라!" 왕이 명령했다.

다음 증인은 공작부인의 요리사였다. 요리사는 손에 후추 통을 들고 왔기에 앨리스는 그녀가 법정에 들어서기도 전에 그녀가 누구인지를 짐작했다. 출입구 가까이 있던 사람들이 일제히 재치기를 하기 시작했기 때문이었다.

"증언을 하라." 왕이 명령했다.

"하지 않겠습니다." 요리사가 대답했다.

왕은 걱정스럽게 흰 토끼를 돌아보자, 흰 토끼가 나지막하게 조언했다. "폐하께서는 이 증인을 반대 심문하셔야 합니다."

"음, 해야 한다면 해야지 뭐." 왕은 씁쓸하게 말했다. 그리고 팔짱을 끼고 눈이 거의 안 보일 정도로 인상을 잔뜩 쓰면서 엄숙한 목소리로 요리사를 심문했다. "타르트는 무엇으로 만들었느냐?"

"주재료는 후추입니다." 요리사가 대답했다.

"당밀." 요리사 뒤에서 졸린 목소리로 누군가 대답했다.

"겨울잠 쥐의 목을 잡아라!" 여왕이 비명을 질렀다. "저 놈의 목을 베라! 저 놈을 법정 밖으로 끌고 나가라! 꽉 붙잡아! 수염을 베어버려라!"

몇 분 동안 겨울잠 쥐를 끌어내느라 법정 전체가 소란스러웠다. 다시 분위기가 안정될 무렵에 요리사는 사라지고 없었다.

"신경 쓰지 마라!" 왕은 크게 안도한 듯이 말했다. "다음 증인을 불러라." 왕은 여왕에게 낮은 목소리로 한마디 했다. "왕비가 다음 증인을 반대 심문해야 하오. 반대 심문을 했더니 머리가 깨질 듯 아프오!"

앨리스는 명단을 만지작거리며 살피는 흰 토끼를 지켜보면서 다음 증인은 누가 될지 살피는 것은 아주 재미있을 것 같다는 기분이 들었다. '—왜냐하면 아직까지 증거를 확보한 게 별로 없으니까.' 그녀는 혼잣말을 했다. 그랬는데 흰 토끼가 앙칼진 작은 목소리를 최대로 올려서 "앨리스!"라는 이름을 외쳤을 때 앨리스가 얼마나 놀랐을지 상상해보라.

앨리스의 증언

"여기 있어요!" 앨리스는 소리쳤다. 이름이 불리는 순간 너무 당황한 나머지 지난 몇 분 동안 몸집이 얼마나 커졌는지를 깜빡 잊고서 벌떡 일어서는 바람에 배심원석이 치맛자락에 걸려서 뒤집어졌다. 배심원 모두 아래의 방청객들의 머리 위로 떨어져 나자빠졌다. 이 광경을 보니 지난 주에 사고로 엎질렀던 금붕어 어항이 떠올랐다.

"아이쿠, 너무 죄송합니다!" 앨리스는 크게 당황하여 소리를 지르고는 최대한 신속하게 배심원들을 일으켜 세우기 시작했다. 어항을 엎질렀던 사고가 뇌리를 떠나지 않은

탓인지 배심원들을 한꺼번에 끌어 모아서 배심원석에 다
시 앉히지 않는다면 모두 죽을지도 모른다는 막연한 생각
이 들었다.

　"재판을 계속할 수 없게 되었다. 배심원 모두 제자리로
뇌돌아올 때까지는 유정히겠디." 왕은 이주 근임한 목소리
로 말했다. 이 말을 힘주어 반복하면서 앨리스를 빤히 쳐다

봤다.

앨리스는 배심원석을 쳐다보는데 너무 허둥대는 바람에 도마뱀을 거꾸로 내려놓았다는 것을 알았다. 그 가여운 도마뱀이 움직일 수 없어서 꼬리를 애처롭게 흔들고 있었다. 앨리스는 도마뱀을 다시 꺼내서 똑바로 앉히면서 중얼거렸다. "별 의미는 없을 거야. 엎어두나 세워두나 재판하고는 별 상관이 없을 것 같아."

배심원들은 이 난리통의 충격에서 어느 정도 벗어나자 석판과 연필을 찾아서 손에 쥐고서 아주 정성스럽게 사건 경위를 작성하기 시작했다. 하지만 예외적으로 도마뱀은 아직 후유증에서 벗어나지 못한 채 입을 벌리고 앉아서 법정 천장만 바라봤다.

"이 사건에 대해 네가 아는 게 무엇이냐?" 왕이 앨리스를 심문했다.

"아무것도 모릅니다." 앨리스가 대답했다.

"아무것도 말이냐?" 왕이 재차 물었다.

"아무것도 모릅니다." 앨리스는 대답했다.

"그 점이 아주 중요하다." 왕은 배심원을 향해 말했다. 배심원들은 이 말을 석판에 막 적고 있는 참이었는데 흰 토끼가 끼어들었다. "안 중요하다. 폐하의 말씀은 물론 그런 뜻

인 것으로 사료되옵니다만." 흰 토끼는 극존칭으로 말했지
만 이 말을 하면서 왕을 보며 인상을 잔뜩 찌푸렸다.

"당연히 안 중요하다는 뜻이지." 왕은 급히 말하면서 혼
잣말로 소근거렸다.

'중요하다—안 중요하다— 안 중요하다—중요하다—' 마

치 어떤 단어가 더 낫게 들리는지 알아보려는 것 같았다.

어떤 배심원들은 '중요하다'라고 쓰고 다른 배심원들은 '안 중요하다'라고 썼다. 앨리스는 바로 곁에서 석판을 내려다볼 수 있어서 이 광경을 볼 수 있었지만 이렇게 혼잣말을 했다. "이게 다 무슨 의미가 있겠어."

이 순간 자기 공책에 한참 부지런히 뭔가를 쓰고 있던 왕이 "정숙!"이라고 고함을 치더니 손에 든 책을 보고 낭독했다. "재판규칙 42호, 키가 1600미터가 넘는 사람은 모두 법정에서 나가야 한다."

모두 앨리스를 쳐다보았다.

"제 키는 1600미터가 안 됩니다." 앨리스는 항변했다.

"된다." 왕이 반박했다.

"3천미터도 넘지." 여왕은 한 마디 거들었다.

"어쨌든 전 나가지 않겠습니다. 게다가 원래 있던 규정도 아니고 방금 만든 거잖습니까?" 앨리스는 반대했다.

"이건 이 책에서 가장 오래된 규칙이다." 왕이 대답했다.

"그렇다면 규정 1호라고 되어 있어야죠." 앨리스가 반박했다.

왕은 얼굴이 창백해지더니 자신의 공책을 탁 덮었다. "평결을 준비하라." 왕은 배심원들에게 떨리는 목소리로 나직하게 말했다.

"폐하, 황공하오나 아직 증거가 충분히 제시되지 않았습니다. 이 종이는 방금 찾은 것입니다." 흰 토끼는 펄쩍 뛰면서 말했다.

"뭐라고 적혀 있느냐?" 여왕이 질문했다.

"저도 아직 펼쳐보지 못했습니다만 죄수가 쓴 편지인데 ─ 누군가에게 쓴 것으로 추정됩니다." 흰 토끼가 대답했다.

"그랬겠지. 아무도 아닌 사람에게 쓴 편지라면 그게 더 이상하지 않겠느냐?" 왕이 말했다.

"수신자가 누구인가요?" 배심원 중 한 사람이 물었다.

"수신자가 적혀 있지 않습니다. 실은 겉봉에 아무것도 적혀 있지 않습니다." 흰 토끼가 말하면서 편지를 펴서 한 마디 더했다. "편지는 아니고 시 한 구절입니다."

"시가 죄수의 손 글씨로 쓰였던 말입니까?" 다른 배심원 한 사람이 질문했다.

"아니요, 죄수의 손 글씨가 아닙니다. 그게 참 희한한 일입니다." 흰 토끼가 말했다. (배심원단은 모두 어안이 벙벙한 것 같았다.)

"그 사람은 누군가의 필체를 흉내 낸 것이 분명하다." 왕이 말했다. (배심원단은 다시 표정이 밝아졌다.)

"폐하, 황공하오나 제가 쓴 것이 아니옵니다. 제가 쓴 것이라고 입증할 수 없는 일입니다. 편지 마지막 줄 아래 서명이 없습니다." 하트 잭이 말했다.

"네가 만약 서명하지 않았다면 더 큰일이다. 나쁜 의도를 갖고 있었다는 의미가 된다. 나쁜 의도가 없었다면 떳떳한 사람처럼 서명을 했을 것이다." 왕이 반박했다.

이 말에 박수갈채가 쏟아졌다. 이 날 왕의 말 중에 처음으로 조리에 맞는 말이었기 때문이었다.

"이로써 그의 유죄가 입증되었다." 여왕이 말했다.

"아직 입증된 건 아무것도 없습니다. 편지의 내용이 무엇인지 아직 알지도 못하는 데 무슨 말씀입니까?" 앨리스가 항변했다.

"읽어 보아라." 왕이 명령했다.

흰 토끼는 안경을 쓰고 질문했다. "어디서부터 읽을까요, 폐하?"

"처음부터 읽어라. 그리고 끝까지 다 읽고 나서 멈춰라." 왕이 진중하게 말했다.

흰 토끼가 읽은 시 구절은 이런 내용이었다.

"사람들이 말하기를 당신이 그녀에게 다녀갔고

그에게 내 얘기를 했다고 했지.

그녀는 나를 좋은 사람이라고 하면서도

내가 수영을 못한다고 말했지.

그는 내가 떠나지 않았다는 말을 전했지

(그게 사실이라는 것은 알고 있어).

그녀가 그 문제를 계속 다그쳤다면

당신은 어떻게 될까?

내가 그녀에게 하나를 주었고 그들은 그에게

두 개를 주었으며,

당신은 우리에게 세 개 혹은 더 이상을 주었지.

그것 모두 그에게서 당신에게 돌아갔지만

사실 전에는 나의 것이었지.

만일 나나 그녀가

이 일에 얽힌다면,

그는 당신이 그들을 풀어줄 거라 믿지,

우리기 예전에 그랬던 깃과 똑같이.

내 생각에 당신이

(그녀가 이렇게 화를 내기 전에는)

그와 우리, 그리고 그것 사이를

가로막는 장애물이었지.

그녀가 그것들을 제일 좋아했다는 걸

그는 모르게 해야 해,

모두에게 비밀로 해야 해,

당신과 나만 아는 비밀."

"이것은 지금까지 들은 증언 중에서 가장 중요한 증거이다." 왕은 두 손을 비비며 말했다. "그러니 이제 배심원들은…"

"이중에 아무나 이 시의 뜻을 설명할 수 있다면 그 사람에게 6펜스를 주겠어요. 제 생각에 이 시는 아무런 의미도 없어요."(앨리스는 지난 몇 분 동안 몸이 굉장히 커져서 왕의 말에 끼어드는 데 아무 거리낌이 없었다.)

배심원들은 모두 석판에 이 말을 적었다. "앨리스의 생각에 이 시는 아무런 의미도 없다." 하지만 아무도 종이에 쓴 내용을 설명하려고 하지 않았다.

"이 시가 아무런 의미가 없다면 크게 수고를 덜게 되겠지. 무슨 의미인지 알아내려고 수고할 필요가 없으니까. 아직은 난 잘 모르겠어." 왕은 시를 무릎에 펼쳐놓고 한 눈으로 시를 보면서 말을 이었다. "어쨌든 이 시에도 어떤 의미가 있는 것 같아— '나는 수영할 줄 모른다고 말했다' — 너 수영할 줄 모르지, 그렇지?" 왕은 하트 잭에게로 몸을 돌리며 물었다.

하트 잭은 상심한 듯 고개를 저었다. "제가 수영을 좋아하는 것 같나요?" 하트 잭이 대답했다. (종이로만 전부 만들었으니 하트 잭이 수영을 좋아할 리는 없었다.)

"지금까지 별 문제없어." 왕은 시를 보면서 혼잣말을 중얼거렸다. "'그게 사실이라는 것은 알고 있어'— 이건 물론 배심원이지—'내가 그녀에게 하나를 주었고 그들은 그에게 두 개를 주었으며'— 이건 그가 타르트를 갖고 한 짓이라는 구절이 분명하지—"

"하지만 '그것 모두 그에게서 당신에게 돌아갔지만'이라는 구절로 이어지죠."라고 앨리스가 지적했다.

"그래, 여기 있잖아!"라고 탁자에 놓인 타르트를 가리키며 왕은 의기양양하게 밀했다. "이보다 너 명확한 증거가 어디 있어. 그리고 다시 '그녀가 이렇게 화(fit)를 내기 전에는'

라는 구절로 이어지는데. "내 생각에 당신이 화낸 적은(have fits) 한 번도 없지 않아?"라고 왕은 여왕에게 말했다.

"절대로 없지!" 여왕은 버럭 화를 내면서 잉크통을 도마뱀에게 던졌다. (불쌍한 작은 도마뱀 빌은 한 손가락으로 석판에 글씨를 써도 흔적이 전혀 남지 않는다는 것을 알고 손을 놓고 있었다. 그러다 얼굴에 잉크가 흐르자 얼른 그 잉크로 다시 글을 쓰기 시작했다.)

"그렇다면 이 말은 당신에게 어울리지(fit) 않는 말이네." 왕은 미소를 지으며 법정을 훑어보았다. 법정은 쥐 죽은 듯이 고요했다.

"말장난 좀 했다!" 왕은 기분 나쁜 투로 말하자 모두 웃었다. "배심원은 평결을 내도록 하라." 왕이 오늘 이 말을 스무 번도 더 한 것 같았다.

"그게 아니야! 선고를 먼저 내리고 평결을 나중에 내리는 거지." 여왕이 소리쳤다.

"말도 안 되는 소리예요! 선고를 먼저 내린다는 게 무슨 망발이야!" 앨리스는 큰소리로 말했다.

"말 조심해!" 여왕은 붉으락푸르락하면서 말했다.

"그럴 생각 없어요!" 앨리스가 반박했다.

"저놈의 목을 베라!" 여왕이 목청껏 고함을 질렀지만 아

무도 움직이지 않았다.

　"누가 당신 말에 신경 쓰겠어? 그래 봤자 카드 한 벌밖에 더 되겠어!" 앨리스기 말했다. (이쯤에서야 앨리스는 원래 키 대로 다 컸다.)

이 말에 카드 한 벌이 공중으로 날아올라 앨리스에게 떨어지기 시작했다. 앨리스는 놀람 반 짜증 반에 소리를 지르면서 카드를 내치다가 문득 강둑에 누워있는 자신을 발견했다. 언니의 무릎을 베고 누워 있는데 언니는 앨리스의 얼굴에 떨어진 낙엽을 살며시 쓸어내고 있었다.

"일어나, 앨리스! 무슨 낮잠을 그렇게 오래 자니!" 언니가 말했다.

"언니, 나 너무 이상한 꿈을 꾸었어!" 앨리스는 언니에게 기억나는 꿈 이야기를 들려주었다. 이 책에서 지금까지 읽고 있던 신기한 모험 이야기를 다 들려주자 언니는 앨리스에게 키스하고 말했다. "정말 이상한 꿈을 꾸었구나. 이제 차 마시러 뛰어 가야지. 늦겠다." 앨리스는 일어나 뛰어가면서 정말 멋진 꿈을 꾸었네 하고 생각했다.

앨리스가 뛰어간 뒤에도 앨리스의 언니는 우두커니 앉아서 손으로 턱을 괴고 석양을 바라보며 동생 앨리스가 겪은 멋진 모험 이야기를 떠올렸다. 그러다가 언니도 몽상에 빠져들었는데 이것이 언니의 몽상 이야기이다. —

먼저 언니는 동생 앨리스의 꿈을 꾸었다. 앨리스는 다시한번 앙증맞은 손을 언니의 무릎 위에 모으고 호기심에 반짝이는 눈으로 언니의 눈을 쳐다보고 있었다. 앨리스의 실제 목소리가 생생하게 들리고, 자꾸만 눈을 찌르는 머리카락을 뒤로 넘기려고 고개를 특이하게 뒤로 젖히는 모습도 보였다. 가만히 귀 기울여 듣다 보니 앨리스의 꿈속의 이상한 동물들이 주변에 살아나는 것 같았다.

흰 토끼가 폴짝폴짝 뛰어가자 웃자란 풀이 발 밑에서 바스락거렸다. 놀란 쥐가 근처의 웅덩이에서 첨벙첨벙 헤엄쳐 갔다. 3월 토끼와 친구들이 언제 끝날지 모르는 식사를 같이 하면서 내는 찻잔이 달그락거리는 소리도 들렸다. 운이 나쁜 손님들에게 처형 명령을 내리는 여왕의 날카로운 목소리도 들렸다. 아기돼지가 공작부인의 무릎 위에서 재채기를 하고 있고 그 주변에는 접시가 쟁그랑거렸다. 그리폰이 찍찍거리는 소리, 도마뱀이 석판에 연필로 끽끽 글씨 쓰는 소리, 짓눌린 기니피그가 내는 큭큭거리는 소리가 사위를 가득 채우고 불쌍한 가짜 거북이가 멀리서 흐느끼는 소리와 간간히 뒤섞였다.

언니는 눈을 감은 채 앉아서 마치 이상한 나라에 온 것은 아닌가 반쯤 믿게 되었다. 그래도 눈을 다시 뜨면 모든 것은 지루한 현실로 바뀌게 되리라는 것을 알고 있있다. 풀잎은 바람에 바스락거릴 뿐일 것이고 웅덩이는 흔들리는 갈대 따라 일렁이고 달그락거리는 찻잔 소리는 양의 요량 소리로 바뀔 것이고, 여왕의 고함소리는 양치기 소년의 목소리로 바뀔 것이다. 아기 돼지의 재채기와 그리폰의 고함 소리와 다른 기묘한 소음은 분주한 농장에서 나는 시끄러운 소리로 바뀔 것이다. 가짜 거북이의 한스런 흐느낌은 사라지고 멀리서 소들이 음메하는 소리가 들려올 것이다.

마지막으로 언니는 작은 동생 앨리스가 세월이 지나 어른이 되면 어떤 모습일지를 상상해보았다. 앨리스가 성장기를 거친 후에도 어린 시절의 순수하고 사랑스러운 마음을 간직하며 살아갈 모습, 앨리스가 자식들을 모아놓고 이상한 이야기와 어린 시절 이상한 나라로 갔던 꿈 이야기까지 곁들어 들려주는 모습과 아이들이 눈을 반짝이며 이야기를 더 해달라고 조르는 모습, 어린 시절과 행복했던 여름날을 추억하며 아이들의 순수한 슬픔에 공감하고 마냥 즐거워하는 아이들을 보며 기뻐하는 모습을 그려보았다.

작가 소개

《이상한 나라의 앨리스》의 저자 루이스 캐럴의 본명은 찰
스 럿위지 도지슨(Charles Lutwidge Dodgson, 1832~1898)
이다. 그는 영국의 작가, 시인, 수학자이자 사진작가이다.
대표작으로 《이상한 나라의 앨리스(Alice's Adventures in
Wonderland, 1865)》와 이 동화의 속편 《거울 나라의 앨리스
(Through the Looking-Glass, 1871)》가 있다.

　루이스 캐럴은 1832년 체셔주 데이스베리의 성공회 사
세 집안에서 태어났다. 11남매 중 셋째지만 장남이다. 11세
까지는 다른 남매들과 함께 사제관에서 가정교육만 받으

며 컸다. 이런 성장 환경에서 자라면서 그는 자기만의 고유한 특성을 키웠다. 가족들에게 마술, 인형놀이를 선보이면서 놀이를 즐겼고 일찍 글을 깨쳐서 일곱 살에 《천로역정》을 읽었고 가족신문에 시를 쓸 정도로 천재성을 보였다. 반면에 사제관에 있던 말 더듬는 사람과 대화를 하면서 성장하는 바람에 그 또한 말을 더듬게 되어, 훗날 미사를 집전하는 데 어려움을 겪었다.

1843년에 아버지가 요크셔주 크로프트의 주임 사제로 임명되면서 데이스베리를 떠나 크로프트 사제관으로 이사가서 살게 되었다. 이듬해인 1844년 리치몬드 문법학교에 들어가 1년 4개월 동안 다닌 후, 1846년 1월 아버지의 모교인 럭비학교에 들어가 4년을 다녔다. 아버지를 닮아서 수학에 천재성을 보인 그는 1851년 옥스포드대학교 크라이스트처치칼리지(Christ Church College)에 입학해 1854년에 수학 전공 최우수 성적으로 졸업했다. 학사 학위를 받은 후에도 학생들을 가르치며 석·박사 과정을 공부했지만 학업에 집중하지 못해 중요한 장학금을 놓쳤다. 그러나 수학에 특출한 재능을 지녔던 그는 수학 강사 자리를 확보해 1855년부터 1881년까지 26년간 수학을 가르치며 옥스포드대학교에 재직하게 된다.

크라이스트처치 석사 과정을 마치고 4년 이내에 성공회 사제 서품을 받아야만 사제관에 거주할 수 있는 규정이 있었다. 루이스 캐럴은 사제 서품을 받지 않겠다고 선언했기에 대학평의회 의결을 거쳐 사제관에서 쫓겨날 위기에 처했지만, 크라이스트처치 학장인 리델의 결정에 따라 사제관에 더 머물 수 있는 혜택을 받았다.

어릴 때부터 성공회 사제로 키워진 루이스 캐럴은 신앙심이 흔들리면서 사제 서품을 받는 시기를 미루기는 했지만, 결국 1861년 성공회 부제서품을 받았다. 사제 서품을 받고 사제로 부임하면 결혼생활을 할 수 있지만 그는 목회활동은 하지 않고 독신으로 지내면서 사제관에서 생활했다. 그가 사제 서품을 받는 것을 망설였고 목회활동에 적극성을 보이지 않은 이유는 무엇일까? 여러 가지 원인이 복합적으로 얽혀 있었겠지만, 한때 자신은 사악하고 가치 없는 사람이어서 성직에 어울리지 않는다는 죄의식에 시달렸고 말을 더듬는 버릇 때문에 미사 집전에 어려움이 있지 않았을까 짐작해본다.

루이스 캐럴은 사제로 활동하지 않고 대학교수로 자리 잡으면서 자신이 가진 재능을 글쓰기, 어휘 퍼즐 만들기, 사진작가 활동에 주력한다. 수학 관련 논문으로는 〈행렬에 관

한 소고(An Elementary Treatise on Determinants, 1867)〉, 〈유클리드와 그의 현대 경쟁자들(Euclid and His Modern Rivals, 1879)〉, 〈진본 수학(Curiosa Mathematica), 1888)〉 등이 있다. 어릴 때부터 시와 단편 소설을 즐겨 쓰던 그는 가족 잡지 《미슈마슈(Mischmasch)》('뒤죽박죽'을 뜻하는 독일어)를 만들어 어린 시절 가족을 즐겁게 하기 위해 마술을 하듯이 온갖 아이디어를 선보였다.

여기에 실었던 작품을 여러 잡지에 투고하는 노력 끝에 《코믹 타임스(The Comic Times)》, 《트레인(The Train)》에 실리게 되고, 《코믹 타임스》 편집주간인 에드먼드 예이츠의 권유로 루이스 캐럴이라는 필명을 사용하게 된다. 그의 필명 '루이스 캐럴'은 본명 'Charles Lutwidge'를 라틴어 '카롤루스 로도비쿠스(Carolus Lodovicus)'로 바꾼 다음 비슷한 아일랜드 성(Caroll), 영국식 이름(Lewis)으로 다시 바꾸어 순서를 뒤집은 것으로, 그의 탁월한 언어유희 감각을 보여준다.

그의 이런 언어 감각은 어휘 퀴즈 게임 발명으로 꽃피운다. 단어 사다리 게임(그는 이것을 'doublets'라고 불렀다)을 발명해 칼럼을 기고하던 잡지 《베니티 페어(Vanity Fair)》 1879년 3월호에 처음 싣기도 했다. 한 단어의 철자를 하나씩 바꾸어서 의미 있는 다른 단어로 바꾸는 게임이다. 예를 들면 CAT이 DOG로 바꾸려면 사다리를 하나씩 내려가면서 철자가 하나씩 바뀌면서 되게 하는 것이다. CAT, COT, DOT, DOG….

루이스 캐럴은 1856년 큰삼촌의 영향으로 사진에 입문했고 24년간 3,000여 점의 사진을 남겼다. 주로 어린이와 보모, 풍경을 피사체로 찍어서 인화했다. 어린이 누드와 세미 누드 사진을 많이 찍었는데 부모들의 입회하에 촬영 작업을 했다. 그가 즐겨 촬영했던 대상은 이 책의 주인공 앨리스 리델이었다. 그러나 암실을 갖추고 인화하고 그림을 그리듯이 리터칭하고 보성하는 후속 작업에 시간이 너무 많이 든다는 이유로 1880년 사진작업을 그만두게 된다.

루이스 캐럴은 스스로 '머뭇거린다'고 표현한 말더듬이 증세가 있었는데 미사 집전은 어려웠지만 어린이와 대화를 나눌 때는 자연스럽게 이야기할 수 있었다. 그러다 보니 리델 학장의 세 자녀(로리나, 엘리스, 에스디)에게 옛날이야기를 해주는 것을 즐겼는데 이야기를 하면서 자기 나름대로 각색했다. 1862년 7월 4일 루이스 캐럴과 그의 친구 로빈슨 더위서(Robinson Duckworth)는 리델가의 세 자매를 네리고 템즈강 뱃놀이를 나가서 옥스포드에서 가드스토 마을까지 소풍을 다녀왔다.

이날 캐럴은 세 자매에게 '앨리스의 지하세계 탐험' 이야기를 들려주었는데 전래 동화를 각색한 이야기가 아니라 캐럴이 창작한 이야기였다. 집에 돌아온 앨리스가 "이 이야기를 꼭 글로 써주세요"라고 간곡히 부탁하자 이야기를 글로 각색하고 삽화까지 직접 그려서 한 권의 책으로 만들어 앨리스에게 선물했다.

소설가 헨리 킹슬리(Henry Kingsley)가 크라이스트처치 사제관에 왔다가 이 책을 보고 앨리스 어머니에게 이 이야기를 지은 사람에게 출판을 권유할 것을 부탁했다. 이 이야기를 전해들은 캐럴은 동화작가 친구인 조지 맥도널드(George Macdonald)에게 조언을 구했다. 친구 조지가 여섯 살 아들에게 이 책을 보여주자, "이런 책은 6만 권은 있었으면 좋겠다"는 반응을 보였다고 한다.

루이스 캐럴은 이 이야기를 출판하기로 마음먹었다. 에피소드를 추가하고 이야기를 다듬어 출판하기 적합한 원고로 만들고, 《펀치(Punch)》의 삽화가인 존 테니얼(John Tenniel)에게 삽화를 의뢰해서 1865년에 초판을 발행하게 된다(초판 인쇄에 문제가 있어서 회수하고 그해 크리스마스에 재출간되었다). 《이상한 나라의 앨리스》가 출간 후 꾸준한

인기를 끌게 되자 후속 작품을 구상해서 1872년에 출간한 것이 《거울 나라의 앨리스(Through the Looking-Glass and What Alice Found There)》이다.

《이상한 나라의 앨리스》의 출간으로 루이스 캐럴은 부와 명성을 얻었지만 그의 삶은 별로 달라지지 않았다. 1881년까지 옥스포드대학에서 수학을 가르쳤고 창작에 몰두하기 위해 교수직에도 물러난 이후에도 크라이스트처치 사제관에서 지내다가 1898년 1월 14일 66세에 폐렴으로 사망하였다. 병세가 악화되어 며칠 동안 서레이주 길퍼드에 사는 누이의 집에서 보살핌을 받다가 사망 후 길퍼드 마운트 묘지에 묻혔나.

작품 해설

이 동화의 탄생은 서문 시에서 작가가 밝히고 있듯이 템즈강으로 뱃놀이를 나가서 세 아이들에게 들려준 이야기에서 비롯되었다. 1862년 7월 4일 루이스 캐럴은 친구와 함께 리델가의 세 자매를 데리고 템즈강으로 뱃놀이를 나갔다가 아이들에게 '앨리스의 지하세계 탐험' 이야기를 들려주었다. 반나절 동안 뱃놀이 하면서 들려준 이야기에 푹 빠진 앨리스가 이 이야기를 글로 써달라고 간청하자, 처음 들려준 이야기를 바탕으로 글로 쓰고 삽화도 그려서 한 권의 책으로 만들어준다. 사제관을 방문한 한 소설가가 이 이야기를 출판하자고 권유하자, 출판에 적합한 이야기로 다듬고 삽화가의 그림을 넣어서 출판하게 되었다고 한다.

앨리스가 토끼 굴속으로 들어가면서 벌어지는 상상의 세계를 그린 《이상한 나라의 앨리스》는 19세기 영국 빅토리아 시대의 대표적인 문학 작품으로 전 세계인의 사랑을 받고 있다. 영국의 《더 가디언》이 선정한 '최고의 소설 100선'(The 100 best novels) 중 18위를 차지하며 가장 영향력 있고 사랑받는 영문학의 고전으로 자리 매김했다. 1865년 출간된 이후 전 세계 100여 개 언어로 번역되었고 드라마, 그림, 연극, 영화, 발레, 뮤지컬, 게임 등 다양한 버전으로 재탄생했다. 오늘날까지 전 세계에서 가장 널리 읽히는 동화의 하나로 자리잡고 있으며, 다른 예술가들에게 영감을 주어 다른 예술 형태로 재창조되고 있는데 특히 판타지 문학에 큰 영향을 끼쳤다.

앨리스가 꿈속에서 상상으로 펼치는 동화 속 세상에서는 일상에서 만날 수 없는 기발한 상황이 펼쳐진다. 동물이 말을 하고 이상한 생각을 하고 과장된 행동을 하는 인물이 나타난다. 찻잔을 씻을 시간이 없어서 자리를 옮겨 가면서 차를 계속 마시고, 플라밍고로 크로케 경기를 하는데 하트 여왕은 조금만 잘못해도 목을 베라고 명령한다. 왕은 재판을 시작하자마자 평결을 내리라고 요구한다. 말도 안 되는 상황이 벌어지고 말도 안 되는 인물들이 등장하는 방식으로 소설을 처음 쓴 사람이 루이스 캐럴이다. 그는 이런 난센스 문학(literary nonsense)의 선구자로서 후대의 작가들에게 창작의 영감을 주었다.

앨리스가 토끼 굴속으로 들어가 만나게 되는 세계는 혼란스럽고 이해할 수 없는 상상 속의 판타지 세상이다. 난생처음 보는 존재와 이상한 사건들이 계속해서 벌어진다. 뭐가 무엇인지 모르면서도 아이들은 재미있게 읽는다. 황당무계한 상황에 처한 앨리스가 자기가 처한 상황을 이해하고 위기를 극복하며 자기가 누구인지, 자기가 가진 힘이 무엇인지를 깨닫는 과정이 흥미진진하게 펼쳐지기 때문이다.

이 판타지 동화가 펼쳐지는 시공간은 상상의 나라이다. 동물이 말을 하고 무엇을 먹으면 몸이 줄기도 하고 갑자기 커지기도 한다. 원하는 시간으로 바로 이동할 수도 있고 그 시간에 머물고 싶으면 얼마든지 그 시간에 머물 수도 있다고 한다. 앨리스가 낯선 상황을 이해하고 새로운 친구들과 소통하며 위기 상황에서 탈출하는 과정이 흥미로운 것은 게임을 닮았기 때문이다. 게임에서 위기 상황이 얼마나 위험하고 고통스러운가에 따라 몰입도가 달라진다. 이상한 나라의 앨리스가 겪는 고통은 일상에서는 상상하기조차 힘든 고통이다. 죽느냐 사느냐 생사가 달린 위기 상황이 연속되니 정신없이 빠져들게 되는 것이다.

기발한 언어유희도 책 읽는 재미를 더한다. 아이들은 아는 단어를 잘못 사용하는 경우가 많다. 그럴 경우 놀림을 받으면서 올바른 사용법을 익히게 되는데 그것이 이 책에서는 재미있는 언어유희로 바뀐다. 작가는 동음이의어, 발음은 비슷하지만 뜻이 다른 단어를 기발하게 사용하여 언어유희를 즐긴다. 같은 단어지만 상황에 맞지 않게 사용하여 재미를 더하기도 한다. 이런 언어유희는 영어로 읽을때는 무척 흥미로운 요소지만 번역으로 맛을 살리는 데는 한계가 있을 수밖에 없다는 점이 아쉽다.

이상한 나라에서 앨리스는 엉터리 지식을 뽐내서 독자들에게 웃음을 유발한다. 나라 수도 이름 틀리기나 구구단 엉터리로 외우기 같은 것이 대표적이다. 노래, 시 인용도 조금씩 원본과 다르게 인용해서 묘한 재미를 더한다. 엉터리 지식을 활용해 유머 코드로 사용하지만 이는 제대로 안다는 것이 무엇인지, 나는 누구인지와 같은 철학적 질문으로 이어진다. 앎, 인식의 문제를 다루면서 올바로 알던 현실을 바로 보고 문제 해결에 이를 수 있다는 것을 보여준다. 제대로 아는 것이 문제 해결의 열쇠라는 것이다.

이상한 나라에서 앨리스는 변신(transformation)을 자주 한다. 약물을 마시거나 버섯을 뜯어먹으면 몸이 작아지거나 커진다. 변신은 재미와 두려움을 동시에 안겨준다. 아이들은 변신을 통해 심적으로나 육체적으로 성장한다. 내가 아닌 다른 상태가 되면서 상대방의 입장에서 생각하는 힘이 커지고 두려움을 이겨내면서 내면적 성숙을 이룬다. 자기가 흘린 눈물에 빠져 죽을 뻔한 위기를 겪고 모든 문제가 자기 자신에게서 비롯된다는 깨달음도 얻는다. '나는 누구인가'라는 자기정체성에 대해 의문을 갖게 되면서 자신의 진정한 힘을 깨닫고 문제를 해결한다. 변신은 판타지 문학과 성장 소설에서 가장 중요한 창작 도구인 것이다.

루이스 캐럴은 이상한 나라에서 등장하는 낯선 동물과 기이한 인물에게 캐릭터를 설정하면서 주변 인물의 성격을 부여해서 친숙한 이미지로 만들었다. 작가(도지슨)는 자신을 소개할 때 약간 말을 더듬어 "도…도, 도지슨 입니다"라고 하곤 하였기 때문에 도도새가 되었다. 신학생 로빈슨 더크워스는 성의 앞 글자를 따 오리(duck)가 되었고 언니 로리나는 앵무새(Lory), 동생 에스디는 어린 독수리(Eaglet)이 되었다. 이상한 나라로 상상의 나래를 펼친 것은 결국 주변의 사람을 이해하고 자신의 정체성을 깨닫게 하려는 노력인 것이다.

《이상한 나라의 앨리스》가 전 세계 독자들의 사랑을 받게 된 데는 흥미진진한 이야기뿐 아니라 이야기에서 묘사된 등장 인물들을 펜으로 섬세하게 그린 삽화의 매력이 한몫을 했다. 루이스 캐럴은 앨리스에게 이야기 책을 손으로 처음 만들어줄 때부터 손수 삽화를 그렸다. 출간이 결정되자 전문 삽화가에게 삽화를 의뢰해 작가의 원본 그림을 아티스트의 감각으로 재해석해서 독자들에게 사랑받는 책으로 탄생하게 되었다고 한다.

이 작품이 사회 전반에 끼친 영향은 실로 대단했다. 철학자, 수학자, 물리학자, 심리학자들에게 많은 영감을 주었고, 특히 물리학에서는 빅뱅 우주론, 카오스 이론, 상대성 이론, 양자역학 등을 설명할 때 이 작품과《거울 나라의 앨리스》가 자주 인용될 정도다. 그 외에도 미국의 수학자 마틴 가드너(Martin Gardner)는 1960년《이상한 나라의 앨리스》와《거울 나라의 앨리스》에 등장하는 수학적 은유와 논리적 상징, 구어와 숙어 표현, 참조 인물과 인용문구의 출처에 대해 빼곡히기 주석을 달아《주석 달린 앨리스 (Annotated Alice: Alices Adventures in Wonderland, 1960)》라는 책을 출판한 이래 수정·증보를 거듭했다.

　문화계에서의 영향력은 말할 것도 없다. 이 작품의 설정을 차용했거나 인물 착상에 활용한 예술 분야는 영화, 음악, 소설, 만화, 애니메이션, 게임 등 범위가 굉장히 넓으며 '이상한 나라의'로 시작하는 파생작 및 아류작은 일일이 셀 수 없을 정도로 많다. 현대 판타지 문학과 영화는 루이스 캐럴에게 큰 빚을 지고 있다고 해도 과언이 아니다.

Lewis Carroll
루이스 캐럴 연보

1832년	(1월 27일) 영국 중부 체셔주 데이스베리에서 태어났다. 본명은 찰스 럿위지 도지슨(Charles Lutwidge Dodgson)
1843년	요크셔주 크로프트의 주임 사제로 임명된 아버지를 따라 가족 모두 크로프트의 사제관으로 이주했다.
1844년	(8월) 리치몬드 문법학교에 입학해 1845년 11월에 졸업했다.
1846년	(1월) 럭비 스쿨에 입학해 1849년 12월에 졸업했다.
1850년	(5월) 옥스포드대학 크라이스트처치칼리지Christ Church College)의 입학 허가를 받았다.
1851년	(1월 24일) 칼리지 기숙학교에 입학한 직후 어머니가 세상을 떠났다
1854년	(12월) 크라이스트처치칼리지를 수학 전공 최우수 성적으로 졸업했다.
1855년	크라이스트처치칼리지 대학 도서관 부관장이 되었다 (1857년까지 여임).
1856년	학부생 지도교수가 되면서 수학 교수가 되어 1881년까지 26년간 수학을 가르쳤다. (2월)《코믹 타임스(The Comic Times)》편집주간인 에드

먼드 예이츠의 권유로 루이스 캐럴이라는 필명을 사용하게 되었다.

(3월) 의사 레지널드 사우디의 도움으로 카메라를 처음 구입해 사진 작업을 시작했다.

(4월) 크라이스트처치칼리지 학장 리델의 저택에서 성당 촬영을 도와주다가 그의 자녀들을 만나게 되었다. 그중 둘째 딸이 바로 앨리스이다.

1857년	옥스포드대학교에서 석사 학위를 받았다.
1861년	(12월 22일) 영국 성공회 부제서품을 받았다.
1862년	(7월 4일) 친구 로빈슨 덕워스와 크라이스처치 학장의 세 딸(로리나, 앨리스, 에디스 리델)과 함께 옥스포드의 템즈강에서 뱃놀이를 하면서 이 세 자매에게 이야기를 만들어 들려줬는데 이 이야기를 기반으로 《이상한 나라의 앨리스》를 쓰게 되었다.
1865년	존 테니얼의 삽화가 들어간 《이상한 나라의 앨리스》가 출간되었다.
1867년	성공회 목사인 헨리 리던과 러시아 여행을 했다.
1868년	아버지가 세상을 떠났고, 서레이주 길퍼드 체스넛가 가족 거주지로 임대 계약하다.
1871년	《이상한 나라의 앨리스》의 속편인 《거울 나라의 앨리스》가 출간되었다.
1877년	이스트본 해변에서 처음 여름휴가를 보냈다. 이후로 죽을 때까지 매년 여름 휴가를 이곳에서 지냈다.
1880년	사진 작업을 그만두었다.
1881년	저작 작업에 몰두하기 위해 수학 교수 자리를 사임했다.
1898년	(1월 14일) 독감으로 인한 폐렴으로 사망하여 길퍼드의 마운트 묘지에 묻혔다.

이상한 나라의 앨리스

Alice's Adventures in Wonderland

초판 1쇄 발행 2024년 9월 20일

지은이	루이스 캐럴
그린이	존 테니얼
옮긴이	루미
편집	배소라
디자인	이미경
종이	페이퍼프라이스
인쇄	예인미술

펴낸이	이병열
펴낸곳	스토리두잉
출판등록	제2020-000001호
주소	경기도 고양시 덕양구 백양로 85 동양트레벨II 206호-B292
대표전화	070-7822-3833
전자우편	storydoingk@gmail.com
페이스북	storydoing.books
인스타그램	storydoing.books

글ⓒ 루이스 캐럴
그림ⓒ 존 테니얼
ISBN 979-11-986478-1-8(03840)

스토리두잉 삶이 스토리가 되고 스토리가 삶이 되는 콘텐츠 실행자